Sandra Ovies Fernández

El Misterio del Guante Rojo

Y otros relatos

Sandra Ovies Fernández

El Misterio del Guante Rojo

Y otros relatos

Edición e impresión por BoD – Books on Demand
info@bod.com.es – www.bod.com.es
Impreso en Alemania – Printed in Germany

ISBN: 978-8-4132-6337-3

Para la mayoría de nosotros, la vida
verdadera es la vida que no llevamos.

Oscar Wilde

Antología compuesta por relatos inéditos, como el que da título al libro, y otros que han sido publicados como colaboración en la obra colectiva promovida por la editorial Playa de Ákaba, *Generación Subway*.

Un ladrón de guante blanco, un inspector de policía que no logra capturarlo. Dos mujeres con sed de venganza, ¿lograrán lo que lleva intentando durante años el inspector Bown, atrapar al *Gato Negro?* 1891, una mujer que tiene la valentía de seguir sus sueños a pesar de la oposición de su familia. Una chef que por su ego lo pierde todo. Un matrimonio en apariencia perfecto, un escritor y la palabra son algunos de los personajes que el lector encontrar en estas historias. París, Londres y Nueva York son algunos de los lugares a los que viajara el lector, mientras descubre la fuerza de la palabra y del cariño

Una colección de relatos que explora las diversas facetas del alma humana, con sus luces y sombras, y en el que se hace un pequeño homenaje a Ada Lovelace, que se convirtió en la pionera de la informática.

Sandra Ovies

ÍNDICE

EL MISTERIO DEL GUANTE ROJO

Federico volvió a mirar los planos del museo, nada podía salir mal. No era un principiante, ni era su primer robo, era uno de los ladrones de guante blanco más reconocidos y buscados del mundo. Detrás de su pista estaban los policías más prestigiosos y con más renombre en la profesión, sin olvidarse de las aseguradoras y sus perros de presa.

Este sería su último robo, y si lo hacía no era porque lo necesitara, ni porque detrás estuviera uno de los hombres más ricos del mundo y lo hubiera presionado hasta la saciedad. Este robo lo hacía porque necesitaba tener en sus manos, al menos por un instante, el diamante azul, que había perteneció a una princesa india.

El diamante *Noche Azul*, había terminado en manos de la acaudalada familia Morrison después de pasar por diferentes dueños durante los últimos doscientos años.

John Morrison lo había adquirido en una subasta a un precio astronómico, y era el regalo que le iba a entregar a su mujer en el aniversario de boda que celebran el próximo día 25 de noviembre en el Museo Metropolitano de Arte de Nueva York.

Federico no solía estudiar en profundidad a quien iba a robar, se centraba en el botín, y en no deja ni un cabo suelto.

Sabía que el diamante estaría expuesto en una vitrina brindada durante la cena, y que en los postres sería cuando John le daría el diamante a su esposa. La vitrina, no tenía para él ningún secreto, la sala donde se encontraba el diamante estaba cerra y en la puerta había dos guardias de seguridad. La habitación estaba equipada con rayos infrarrojos y detectores de movimientos. Al menor movimiento saltaba la alarma y en menos de dos minutos estaría allí toda la policía de Nueva York.

Se deslizaría como un gato por el conducto de ventilación que se abría justo encima de la vitrina, el tema en el que estaba ahora enfrascado era en cómo llegar al diamante sin taladrar la vitrina.

Rebeca había estado trabajando en un rayo láser que derretía el cristal como si fuera mantequilla. Esa tarde iban a hacer la última prueba, ya que el evento era al día siguiente.

Federico pasó el día de lo más relajado, solo sentía la adrenalina que le producía el hecho de robar. Al principio comenzó a hacerlo porque prefería quedarse con los bienes ajenos a trabajar. Cuando amaso una considerable fortuna lo siguió haciendo porque descubrió que le gustaba. Se sentía eufórico preparando un nuevo golpe, y luego cuando llegaba el momento se sentía vivió de verdad.

El día había amanecido especialmente frío a pesar del sol que llenaba todo de luz, como si ese sol fuera un presagio de que el robo iba a ser perfecto, pero en la vida nada se puede dar por hecho. Desde primera hora de la tarde estaba Federico en el museo. Se había colado como uno de los proveedores de champán; después de escabullirse se escondió en el cuarto de mantenimiento hasta que no hubo peligro y pudo comenzar a preparar el equipo. Cuando empezaron a llegar los invitados fue el momento elegido por Federico para comenzar su gran golpe.

Con la agilidad de un gato trepo hasta la trampilla de ventilación, a pesar de tener ya sus años no había perdido la destreza, y seguía conservando un cuerpo musculoso y delgado que se deslizaba por el estrecho conducto. Con presteza llego sin ningún problema hasta el punto desde el que debía deslizarse, pero el asombro llego cuando vio que en la vitrina en lugar del diamante había un guante rojo de mujer cuidadosamente colocado. La sorpresa dejó a Federico irresoluto, solo cuando comenzó a sonar la alarma tuvo la capacidad de desandar el camino y volver al cuarto de mantenimiento. En su vida se había sentido tan vivo, notaba como el corazón le latía con fuerza; con diligencia se puso la ropa que le había servido para colarse dentro del museo, pero al dejar la bolsa en el suelo con los útiles necesarios para el robo vio cómo se desprendía un papel rojo con algo escrito. Con curiosidad tomo el papel en el que pudo leer:

Mañana estarás en todos los periódicos.

El guante rojo

A Federico no le hizo falta preguntarse qué significaba aquello, alguien había robado el diamante y lo había inculpado. No le dio tiempo a pensar quien le podía haber hecho semejante jugarreta, tenía el tiempo justo para emprender la huida. Llevaba años en el negocio, tenía enemigos, pero siempre habían sabido mantener los límites. Cuando llego a su casa le dio el tiempo justo para ponerse un batín y fingir que estaba pasando una tranquila velada antes de que el inspector Brown llamará a su puerta.

La frustración del inspector Brown se hizo palpable en su rostro. Como siempre, mil sospechas, pero ninguna prueba contra *El Gato Negro*. El inspector y Federico eran viejos conocidos, llevaba años detrás de Federico, pero nunca había logrado pruebas. Después de interrogarlo y buscar algún indicio de que Federico estaba involucrado en el robo del diamante, su frustración se hizo aún más evidente, al no encontrar nada que probara que Federico había estado en el museo aquella noche.

Como decía la nota, al día siguiente el robo del diamante aparecía en todos los periódicos y su nombre se barajaba entre los sospechosos de haberlo perpetrado. Por primera vez Federico experimento la frustración que sentía el inspector Brown, era el principal sospechoso en un robo que iba a cometer, pero que no había cometido.

Federico hizo un repaso mental de quien podría estar detrás del robo, pero no encontraba a nadie. Aquel guante era un guante de fiesta de mujer, y la letra era de una mujer. Federico jugueteó con la nota y miró con detenimiento la letra que le resultaba familiar, de estas cavilaciones lo saco el timbre de la puerta; un mensajero le traía un sobre. Después de cerrar la puerta, Federico abrió el sobre con premura, algo le decía que aquel sobre estaba relacionado con el robo del diamante, y no se equivocaba. De nuevo aquella letra:

¿Te gustaría ver el diamante? 15:30 h en The Corner Bookstore.

El guante rojo

«¿En una librería?» farfullo Federico mientras examinaba con detenimiento aquella letra. Le resultaba familiar, pero no sabía de qué, y eso lo exacerbaba. Miro el reloj y vio que apenas le quedaba tiempo, menos mal que la librería estaba cerca de su casa.

Agradeció el frío viento que lo saludo al salir a la calle, le ayudaría a aclarar las ideas de camino a la librería. Aquello cada vez era más extraño, ¿quién lo había citado?, ¿y si era una trampa del inspector Brown?, idea que desecho inmediatamente; el inspector Brown no tenía la imaginación suficiente para haber urdido un plan tan imaginativo.

Embebido en esos pensamientos se encontró delante de la puerta de la librería, dentro no había mucha gente. Estaban tres dependientes, uno detrás del mostrador y los otros dos colocando libros en lo alto de una estantería.

Al fondo pudo ver a dos mujeres. Una de ellas sería aproximadamente de su edad, la otra era más joven. Ambas llevaban puestas gafas de sol negras, y la más mayor completaba su vestimenta con un elegante sombrero y un guante rojo igual al que habían colocado en el lugar del diamante en el museo. Aquello disparo todas las alarmas en Federico, no entendía absolutamente nada. Cuando se disponía a dar la vuelta para irse, la mujer mayor se le acercó.

—Hola Federico, ¿no saludas a una vieja amiga?

Federico en un primer momento quedo desconcertado, aquella voz, ¡no podía ser ella!, hacía más de cuarenta años que se habían visto por última vez. Había sido en Niza.

Olivia se acercó un poco más, al tiempo que se quitaba las gafas.

— ¿No saludas a una vieja amiga?

—Olivia —acertó a decir Federico con un hilo de voz.

—Soy yo.

—¿Qué haces aquí?

—Vivo aquí desde hace bastantes años, después de que me abandonarás a merced de la policía en Niza, decidí poner tierra de por medio e iniciar una nueva vida.

—Yo… Olivia.

—Señora Morrison.

—¿Morrison? ¿Tu marido es John Morrison? —preguntó Federico perplejo.

—Así es.

Federico entendió lo que estaba pasando, Olivia había robado el diamante y sabía que todas las sospechas caerían sobre él. Un ladrón de guante blanco de talla internacional no se resistiría a robar un diamante como el diamante azul.

—¿Ahora te haces llamar *El Guante Rojo?* —pregunto Federico con sarcasmo.

—Solo para saldar deudas con viejos amigos.

Olivia iba a seguir hablando, pero la presencia de su joven acompañante la interrumpió.

—Tenemos que darnos prisa, acabo de llamar y en menos de diez minutos mi padre estará aquí.

Federico miró con desconcierto aquella joven que metía la mano en uno de los bolsillos del abrigo y sacaba una pequeña bolsa de terciopelo negra. Con una sutileza apabullante dejo caer la pequeña bolsita en uno de los bolsillos del abrigo de Federico.

—Encantada de conocerle por fin en persona, soy Linda; y creo que conoce a mi padre, el inspector Brown.

—¿Qué significa todo esto? —pregunto Federico levantando la voz.

—Solo estamos saldando viejas deudas.

—Eso es Federico, Olivia te está agradeciendo que la abandonara en Niza, y yo estoy dándole a mi padre la prueba que lleva años buscando. Encontrarlo con una pieza robada, pero resulta que esta pieza es la única que usted no ha robado y por la que lo va a restar.

—Adiós Federico, espero que disfrutes mucho en la cárcel.

—Olivia espera —gritó Federico al tiempo que seguía a las dos mujeres a la calle.

Se desvanecieron como el humo, nada más salir a la calle las perdió de vista, lo que si vio fue como una figura que conocía muy bien se acercaba a él con una sonrisa de triunfo dibujada en la cara.

—Creo que tiene algo que no es suyo —al tiempo que el inspector Brown le ponía las esposas.

Las dos mujeres se evaporaron entre la multitud, con paso ligero llegaron a casa de Linda.

Sentadas frente a la chimenea y con una copa de vino en la mano brindaron por haber cerrado una etapa que había pesado mucho en sus vidas.

Olivia aún recordaba como el destino las había unido. Dos extrañas que se necesitaban y que el hilo rojo del destino hizo que se encontraran. Fue una suerte que a las dos les interesara escribir, y que coincidieran en aquel taller de escritura para escritores noveles. Tanto Olivia como Linda, conectaron de inmediato a pesar de la diferencia de edad, Olivia veía a Linda como a la que podría haber sido su hija, y que perdió siendo muy joven, y Linda encontraba en Olivia el apoyo que necesitaba, tras el fallecimiento de su madre.

Olivia era una mujer con experiencia en la vida, casada con uno de los hombres más rico del mundo, y Linda era una joven estudiante de medicina que había perdido a su madre demasiado pronto, y su padre está obsesionado en atrapar a un ladrón de guante blanco llamado *El Gato negro*, y que le servía de subterfugio para ahogar el dolor de la pérdida de su esposa. Lo que hizo que Linda detestara a dicho sujeto, no por ser el refugio de su padre para soportar la pérdida de su esposa, lo que a Linda le provocaba ese sentimiento era ver como se quedaba su padre después de otro intento fallido de atrapar al dicho

Gato Negro. Tener la certeza de que era quien había perpetrado los robos y no poder demostrarlo, una y otra vez hundían a su padre en una profunda desesperación.

Olivia, por el contrario, no sentía aversión por el *Gato Negro*, sentía odio; un odio que no disminuyo un ápice en todo este tiempo. Desde el día que la dejo abandonada a su suerte en Niza, en manos de la policía y embarazada, ese odio fue en aumento, escondido en lo más profundo de su ser.

Federico había sido el amor de su vida, y Olivia había experimentado aquello que del amor al odio hay un pequeñísimo paso. Olivia era demasiado joven, y Federico la deslumbro con su elegancia, don de gentes y modales exquisitos.

Para Olivia era un hombre de negocios que tenía mucho éxito, y eso le permitía llevar una vida de lujos, como tener una suntuosa mansión en la costa azul; lo que no imaginaba era que esa vida se la costeaba quedándose con lo ajeno.

Para Olivia fue un golpe terrible descubrir que el amor de su vida, solo la quería para acceder a la mansión de un magnate alemán del acero. Su última adquisición había sido un huevo de Fabergé que había pertenecido a Anastasia, Gran duquesa de Rusia. Olivia era la hija del embajador de Estados Unidos en

Francia, perfecta para introducir a Federico en ese selecto club que a él tanto le interesaba.

Lo que devasto a Olivia fue descubrir el tipo de persona que era Federico. Un ser egoísta, frío, calculador; alguien que no dudo en colocar el botín robado en su bolso sabiendo el daño que con eso le causaba. La hija del embajador de Estados Unidos quedaría como una ladrona. Pero no le dolía que su reputación quedara dañada, era su padre quien le preocupaba.

Después del robo del huevo de Fabergé, que apareció en el bolso de Olivia, Federico desapareció de su vida como si nunca hubiera existido, a los pocos días descubrió que estaba embarazada, y al poco tiempo perdió al bebé; los médicos dijeron que había sido un aborto espontáneo, pero ella sabía que su hijo lo había matado la pena y decepción.

La policía nunca creyó que ella fuera la autora del robo, pero no pudieron probar que Federico era el autor; de todos modos, el buen nombre Olivia ya estaba comprometido.

Linda y Olivia se miraron, no hicieron falta palabras. Por fin se había hecho justicia, *El Gato Negro* estaba entre rejas.

TÚ, TIRAMISÚ. YO TARTA DE MANZANA

El día que esto acabe, me sentiré como un gatito desperezándome y estirándome después de un largo sueño. Como un gatito feliz, delante de la Tour Eiffel, que con paso firme y la lección aprendida inicia un nuevo ciclo.

Dicen que en esta vida todo sucede por algo; tal vez esto que estamos viviendo nos ha venido a enseñar que la mayor soledad que existe es estar acompañado por la persona equivocada por miedo a la melancolía. Que toda decisión tiene su consecuencia. Que la vida es un paseo que se acaba en seguida y no merece la pena perder el poco tiempo que tenemos con personas que no merecen la pena. Tal vez nos ha venido a enseñar, a valorar a nuestros mayores, valorar el abrazo, el beso de unos padres ancianos, el poder verlos, el hablar con ellos, acurrucarnos en sus amorosos brazos, tener una conversación con ellos... A valorar a la familia, aunque siempre exentan pequeños desencuentros...

Matilda levantó la vista del ordenador, y se reprendió a sí misma por no estar escribiendo recetas de cocina para su último libro, la editorial la estaba apremiando para que entregara el manuscrito. Le encantaba su trabajo, pero desde hacía tiempo le rondaba la idea de escribir una novela: *La chef escritora,* ya se imaginaba los titulares. Miró por la ventana de su despacho, el huerto estaba bellísimo que comenzaba a vestirse de otoño. Por algo podía presumir que su restaurante servía los productos más frescos de toda la ciudad. Era un lujo el poder tener un huerto detrás del restaurante, donde cultivaba las verduras y frutas que se servían en *I a Pomme Rouge.* Su restaurante solo rivalizaban con el de ese aprendiz de chef, Leonardo Bianchi, y su restaurante El *Bianchi.*

Matilda se desperezó en la silla y con lentitud se levantó y salió al huerto, cogió una cesta y comenzó a recoger manzanas, su tarta de manzana era la más famosa de París. El restaurante lo había heredado de su padre, pero fue ella quien lo llevo a lo más alto consiguiendo tres estrellas Michelin. Su tarta de manzana era elogiada por todos los críticos gastronómicos, aunque aún se enfurecía cuando, recordaba la comparación que habían hecho en *Le*

Figaro entre su tarta de manzana y el mediocre tiramisú de ese chef de pacotilla. «Dos maravillosas reinvenciones de dos postres clásicos que nos transportan a nuestra infancia», recordó Matilda.

Leonardo había abierto un restaurante junto enfrente de *La Pomme Rouge*, hacía cinco años y ya iba por la segunda estrella Michelin. Todos los críticos gastronómicos habían elogiado su imaginación para interpretar platos típicos de la cocina italiana, y como no, su tiramisú se había vuelto el más famoso de todo París. A Matilda y a Leonardo se les conocía cariñosamente como los *chefs dulces*, algo que a Matilda no le gustaba mucho. Para Matilda, Leonardo era un chef sin imaginación que sobrevivía copiando ideas de unos y de otros, como por ejemplo el huerto que había puesto a las afueras de la ciudad, después de que saliera un reportaje sobre el huerto de Matilda y la excelente calidad de los productos de su restaurante, y explicara que el secreto de su tarta de manzana eran las manzanas que utilizaba de sus propios manzanos.

Cuando Matilda entro en la cocina con la cesta de manzanas para hacer su famosa tarta, se encontró con su asistente personal que le tendía un sobre.

—Ha llegado esta invitación.

Matilda dejó el cesto en la mesa al tiempo que Paul dejaba el sobre junto al cesto. Matilda reconoció el logo de la fundación benéfica con la que solía colaborar.

—¿En qué quieren que colabore?

—Les gustaría que participaras en un programa de televisión haciendo tu famosa tarta de manzana, y el jurado sería los niños del orfanato para el que se recauda fondos.

—Perfecto, diles que sí.

—Aún no te he dicho, quien quieren que sea tu contrincante.

En el rostro de Matilda se dibujó un gesto de disgusto, no podían estar pensando en Leonardo.

—Por tu gesto deduzco que lo sabes, sí, él. La cadena de televisión que va a retransmitir el concurso ha pensado que sería muy interesante veros juntos en un concurso dada la rivalidad que existe entre vosotros.

—¡Maldita sea! —exclamó Matilda —no puedo hacer nada sin encontrarme con ese chef de pacotilla.

—Tienes razón —dijo Paul con ironía —un estudio de televisión no es lo suficientemente grande para tanto ego.

Matilda le lanzo una mirada furibunda que Paul capto a la perfección, conocía muy bien a su jefa y sabía el carácter insufrible que tenía.

—Acepto, pero con una condición. Qué yo haga el tiramisú y él la tarta de manzanas.

—¿Quieres añadir más emoción al concurso y así recaudar más fondos?

—¡Claro que no!, lo que quero es dejarlo en evidencia cuando mi tiramisú sea mejor que el de él y la tarta de manzana que haga este incomestible.

—¿Y lo de recaudar fondos?

—Ah, eso… también está bien.

—¡Está claro que el altruismo no existe!, exclamo Paul con indignación.

El concurso estaba fijado para el 22 de octubre, Matilda tenía un mes y medio para espiar a Leonardo y estudiar con detenimiento su tiramisú; el problema era que ella no podía presentarse en el restaurante de Leonardo, así que estuvo maquinando un plan, Gastón, el resignado novio de Paul, sería su espía. Había convencido a Paul, más bien ordenado, que Gastón fuera a cenar a *Bianch*i, y de postre tenía que pedir tiramisú, e ingeniárselas para salir del restaurante con un trozo del mismo para que Matilda pudiera estudiarlo, y así poder hacer diferentes versiones hasta superar el de Leonardo.

El pobre Gastón pasó una odisea para poder sacar un trozo de tiramisú, un recipiente no podía llevar, era demasiado evidente, en una servilleta corría el riesgo de marcharse la chaqueta y delatarse, se decantó por una discreta bolsa de plástico para congelar alimentos, y en un descuido del camarero que no paraba de frecuentar su mesa para servirle vino, tomo un trozo de tiramisú y lo guardo con discreción en la bolsa de plástico que guardo a toda prisa en el bolso de la chaqueta.

Gastón tuvo que aguantar las quejas de Matilda, cuando vio que lo que le había llevado era un pegote aplastado del famoso tiramisú de Leonardo, pero aún se indignó más cuando Gastón, le aseguro que era el mejor tiramisú que había probado.

Los siguientes días hasta el concurso, Matilda hizo mil pruebas de tiramisú, y muy a su pesar, tuvo que reconocer que el de Leonardo era único. Así que no le quedo más remedio que urdir un plan. Su tiramisú, era bueno, pero no era como el de Leonardo, y no podría permitir que la tarta de manzana de Leonardo fuera tan buena como la de ella; así que decidió que en un descuido de Leonardo echaría laxante en la masa, además de ponerle chile y wasabi. El jurado eran los niños del orfanato junto con los directivos de la cadena de televisión que organizaban el concurso. La idea era que las marcas de los productos utilizados para realizar las recetas donaran un dinero, que el ganador del concurso entregaría a la

Fundación por una Infancia Feliz, para la construcción del orfanato.

Por fin había llegado el día. Matilda llegó al plató, acompañada de su flemático sous-chef Fabien, y de su fiel asistente Paul.

Leonardo ya había llegado y está preparando los ingredientes pera empezar a preparar la tarta de manzana. Con una fingida amabilidad, Matilda se acercó a saludarlo, y de esta forma cambiar la canela de Leonardo, por el preparado que ella llevaba de canela, chile, y wasabi. Uno de sus objetivos estaba logrado, ahora le faltaba echar el laxante. Cuando Leonardo tuviera hecha la crema pastelera se las ingeniaría para poner el laxante.

En el momento que Leonardo dejo la crema pastelera sobre la encimera para que se atemperase, fue la oportunidad que aprovecho Matilda para poner el laxante.

Totalmente satisfecha con el boicot que le había hecho a Leonardo, continuo como si nada con su receta del tiramisú y ansiosa porque llegará el momento en el que el jurado probara los postres. Estaba deseando ver la cara de Leonardo cuando viera el efecto que producía su tarta de manzana.

Ese momento no se hizo esperar mucho, Matilda insistió en que primero se probara la tarta de

Leonardo. El sabor era, *raro,* una tarta de manzana que picaba, un niño la escupió; gesto que agrado profundamente a Matilda, pero el laxante que utilizo era de efecto rápido y pronto hubo una estampida del jurado hacia los baños.

Leonardo estaba que no daba crédito a lo que veían sus ojos, ¡no entendía nada!, ¿cómo podía estar pasando aquel desastre?. En todos los años que llevaba en la cocina jamás le había pasado algo semejante. Era muy cuidadoso con los ingredientes de sus creaciones, así como con la conservación de los mismos y su higiene.

Ante la indisposición del jurado, se canceló el concurso. Matilda se sintió profundamente satisfecha, y tuvo el convencimiento de que había ganado, pero la sorpresa le llego unos días más tarde. Recibo una llamada del director de la cadena de televisión que organizó el concurso, quería pasar por el restaurante para hablar con ella.

Matilda se inquietó cuando François le comento que habían estado revisando las grabaciones del programa, y se le vino el mundo abajo cuando le puso la grabación; se la veía echando el laxante en la crema pastelera, y cambiando la canela por su mezcla explosiva.

La llamada de los responsables de la estrella Michelin, no tardaron en llamar, para comunicarle le habían retirado las tres estrellas que tenía.

Matilda se sentía devastada, la noticia no tardo en saltar a los medios de comunicación nacionales e internacionales. Su carrera profesional estaba acabada, su restaurante cerrado, y sin posibilidad de abrirlo; en el mundo de la alta cocina era una paria. Su ego, orgullo, arrogancia y egoísmo habían acabado con su carrera, con su restaurante, que era lo que daba sentido a su vida.

Echo un último vistazo a su amada cocina, paso al comedor vacío, y un inconsolable llanto se apoderó de ella. Acurrucada en un rincón en el suelo, paso horas llorando, hasta que una voz conocida la hizo levantar la cabeza. Al principio solo vio una figura borrosa que se acercaba, a medida que se iba acercando, la reconoció, era Leonardo, ¿pero qué hacía en su restaurante?

Leonardo se puso en cuclillas delante de Matilda.

—Hola Matilda, no me gustaría molestarte.

—Hola Leonardo, ¿qué haces aquí?

—Paul, me ha llamado, está preocupado. Me ha dicho que llevas todo el día encerrada aquí.

—Mi querido Paul, es el único que no ha huido.

Matilda miró a Leonardo con culpabilidad, a pesar del daño que le había intentado hacer, allí estaba.

—¿Nos sentamos?

—Claro, será la última vez que estaré aquí, dijo Matilda al borde de las lágrimas.

—Lo cierto es que quería hablar contigo.

—Eres muy amable, no sé ni como me diriges la palabra, después de lo que te he hecho.

—Matilda, no demos vueltas al pasado, quería hablarte del futuro.

—¿Qué fututo?, yo no tengo futuro.

—Quería proponerte algo, ¿qué vas a hacer con este local?

Matilda lo miro con extrañeza.

—Te quería proponer abrir un restaurante en tu local, un restaurante donde se mime a los sentidos con los sabores de nuestra infancia. Hace tiempo que le vengo dando vueltas a la idea y nunca era el momento.

—¿Me estás diciendo que quieres abrir un restaurante en mi local?

—En realidad te estoy diciendo que me gustaría que tú me acompañaras en esta nueva aventura.

—¿Después de lo que te he hecho?

—No soy rencoroso, y si lo miras bien, fue una chiquillada. Además, soy de las personas que cree que todo pasa por algo.

—Me encantaría acompañarte en esta aventura.

—Pues no se hable más, pongámonos manos a la obra. Quiero abrir cuanto ante *Tú, tiramisú. Yo tarta de manzana.*

—¿Quieres que lo llamemos así?

—¿Se te ocurre mejor nombre?

EL GATO NARANJA

Era una oscura y fría noche de invierno. Una espesa cortina de lluvia se precipitaba contra la luna del coche. Los faros antiniebla del Mercedes azul marino no lograban ganar la batalla a la espesa niebla que lo envolvía todo, dando un aspecto fantasmagórico a los desnudos árboles que surcaban las orillas de la carretera comarcal 666. El asfalto estaba en muy mal estado, con baches que hacían rebotar al coche y salpicaban con brusquedad a su paso el agua acumulada en ellos.

Tristán miró de reojo el reloj del salpicadero. Las 23:30H de la noche, llevaba fuera de casa desde el alba y Malena ya le había llamado varias veces muy enfadada. Le aborrecía la idea de llegar a casa; sabía lo que le esperaba, reproches, gritos y la bronca de costumbre antes de irse a dormir. Malena estaba cada día más intransigente y, no se equivocaba cuando le decía que estaba asumiendo en su trabajo más responsabilidades de las que le correspondía para no estar en casa y de esa forma evitar tener una vida familiar. Tristán miró de forma solazada a su izquierda, una casa indiana, medio en ruinas que surgió entre la espesa niebla y pertinaz lluvia, sin embargo, sintió una extraña paz que hacía tiempo que no apreciaba. Deseo ser el dueño de esa casa y tener su espacio. Un lugar de paz y tranquilidad donde poder ser feliz con Alicia. De repente un rudo extraño atrajo su atención. Aminoro la marcha y aparco en un lado de la estrecha carretera. Con presteza abrió la puerta del Mercedes y se enfrentó a un viento racheado cargado de frías gotas de lluvia. La niebla lo envolvía todo, la carretera está desierta y no se veía ni una mísera luz de algún pueblo cercano. Tristán dio una vuelta alrededor del coche y comprobó que había pinchado. Jurando en arameo y bajando a todos los santos del cielo, se dispuso a abrir el maletero para cambiar la rueda pinchada. De repente se percató que no había rueda de recambio y recordó que Malena había cogido el coche el fin de semana y le había comentado que había pinchado.

—¡Maldita sea! —Farfullo Tristán en un agudo aullido que rompió el silencio de la noche y fue ahogado por el viento. Empapado hasta los huesos, sacó el móvil del bolsillo de su chaqueta. No había cobertura. Busco una linterna en la guantera para inspeccionar el terreno y ver si había alguna casa cerca. Al fijar la luz en el asfalto, vio que un reguero rojizo fluía entre sus zapatos italianos fruto de la fuerte lluvia que estaba cayendo. Levanto la vista y comprobó que el reguero comenzaba a adquirir el tono rojizo a unos escasos metros del coche. Levanto la linterna del suelo y dirigió la luz a la orilla de la carretera. En medio de la espesa cortina de niebla y la obstinada lluvia pudo distinguir un bulto que rebullía y lanzaba pequeños quejidos de dolor. Tristán con el corazón en un puño se acercó con sigilo al pequeño bulto. Dirigió la luz de la linterna sobre él y se encontró con los enormes ojos azules de un indefenso gato que había sido atropellado y abandonado a su suerte. Un escalofrío recorrió el cuerpo de Tristán. Tenía pavor a los gatos, desde el día que el gato de su abuela lo araño en la cara y casi le saca un ojo siendo un bebé de dos años.

El gato clavó su mirada en Tristán y este se quedó paralizado. No sabía qué hacer, si volver sobre sus pasos o prestar ayuda a un animal indefenso que le producía repugnancia y terror.

Casi de forma mecánica Tristán se agachó y acerco su mano al animal, este no hizo nada, no intento defenderse, ni arañarlo ni morderlo. Se quedó inmóvil, mostrando una inusual confianza. Tristán con mano torpe y temblorosa acaricio al mal trecho bicho y se topó con un collar que llevaba una placa con la siguiente inscripción: «Me llamo Trece y vivo en la casa indiana de la colina».

—Así que te llamas Trece —dijo Tristán en un susurro que el animal interpreto como un gesto de ayuda y se lo agradeció frotando su cabeza sobre la mano de Tristán.

—Espera, que vuelvo ahora —manifestó Tristán al bicho peludo, ensangrentado y empapado que yacía a sus pies. Con paso ligero volvió sobre sus pasos y saco del coche una manta de viaje. Se acercó al animal y con repugnancia, miedo y cuidado de no hacerle daño lo envolvió en la manta y lo acurruco sobre su pecho. Ya con el animal en brazos, miro a su alrededor y pudo divisar la silueta de una casa a unos escasos metros. Era la casa indiana que había captado su atención hacía un rato y que parecía en ruinas y deshabitada. Tristán decidió dirigir sus pasos hacia la casa. A medida que se iba acercando pudo apreciar que la casa no estaba en ruinas y que había signos de estar habitada. Con una mano abrió la portilla que separaba el jardín de la casa del camino y entro. Una amarillenta y tenue luz salía de una de las habitaciones acompañada por unas despistadas notas de Chopin que se fundían con la lluvia al caer contra la tierra. Con cautela, Tristán subió los tres escalones que separaban el porche del jardín y justo cuando iba a hacer sonar la campanilla se abrió la puerta.

—Buenas noches— saludo Tristán a la figura que estaba en el umbral de la puerta y que le resultaba muy familiar.

Tristán no pudo continuar, fue interrumpido por el desconocido.

—¡Trece! ¡Amigo mío! ¿Qué te han hecho?

Ya en vestíbulo Tristán entrego a Trece a su dueño, y este con sumo cuidado lo deposito delante de la chimenea, al tiempo que desaparecía para buscar unas tollas y el botiquín.

—¡Pasa! ¡No te quedes ahí! Estás empapado y vas a coger una pulmonía. Pasa al baño, sécate y mientras yo me ocupo de mi peludo y fiel amigo.

Tristán por inercia acato las órdenes del desconocido y como si conociera la casa fue al baño. Cuando salió encontró en el salón al desconocido con dos copas de Brandy esperándolo.

—Pasa y siéntate. Me he tomado la libertad de servirte una copa de Brandy.

Tristán se sentó en el sillón orejero situado a un lado de la chimenea y situado enfrente de su anfitrión. Al tomar la copa entre sus manos se percató de unos destellos dorados que flotaba por el oscuro líquido.

—Son polvos de oro de 23 Kilates — informo el desconocido —dale un trago, es excelente. Por cierto, me acabo de dar cuenta que no me he presentado, continúo diciendo el desconocido. Soy Tristán y te doy las gracias por haberle salvado la vida a Trece.

Aquellas palabras martillearon en la cabeza de Tristán como si de una alarma se tratara. No podía dejar de mirar al sujeto que tenía enfrente. Le resultaba sumamente familiar sus facciones, los gestos, la voz, la mirada... Era como si se estuviera viendo en un espejo y este le devolviera su imagen de anciano.

—¿Tristán? ¡Qué casualidad!, nos llamamos igual.

—¿Tú crees? —pregunto el anciano con una sonrisa amarga en la comisura de los labios.

—Lo cierto es que me recuerda a alguien... dejo caer Tristán al tiempo que daba un sorbo a su copa.

—Por supuesto que te recuerdo a alguien, afirmó con vehemencia el anciano. Mírame bien o mejor dicho, mírate bien. Estás viéndote dentro de unos años. Mira bien esta casa. Esa que hace unas horas viste al pasar en el coche y deseaste que fuera tuya. Ese remanso de paz y tranquilidad que tanto deseas. Ese espació que solo quieres compartir con Alicia, pero que eres incapaz de aceptar.

Tristán miró horrorizado al anciano.

—¿Qué clase de desagradable broma es esta?

—No es ninguna broma Tristán —continuo el anciano —este es tu futuro si te empeñas en continuar burlando al destino. Si persistes en negarte la felicidad. Si continúas dando más prioridad al qué dirán que a tu bienestar.

¡Esto te espera Tristán! Perder a Alicia. Ella se irá y hará su vida con otro que la va a apreciar y darle el lugar que se merece. Malena también se va a marchar cansada de tu apatía y, tú, te vas a quedar con la sola compañía de Trece. Un gato común atigrado anaranjado ¡Un gato Tristán!, el animal que tanto detestas, va a ser tu única compañía. Mira bien esta casa. Los muebles, los libros, el piano, el jardín, la cocina… van a ser tu única compañía.

—¡No!, gritóTristán levantándose bruscamente del sillón, ¿qué me has echado en la copa?

—Tristán, Tristán, Tristán… mírame bien. Nada más verme en el umbral de la puerta te reconociste. Persistes en ser un cobarde, ¡nada más puedo hacer!, pero recuerda la frase de Edag Allan Poe. «Me volví loco, con largos intervalos de horrible cordura».

—Esto tiene que ser una pesadilla fruto del cansancio y el estrés.

—No, Tristán, ¡no!, has burlado demasiadas veces al destino. Te ha dado un sinfín de oportunidades y, esta es la última oportunidad. No sabes lo afortunado que eres de poder ver lo que te espera. La más absoluta de las soledades. Soledad en mayúscula, ya que tú no quieres estar solo. Quieres a Alicia, pero tu cabezonería, arrogancia, soberbia, orgullo y prepotencia te impiden ver más allá de unos estúpidos convencionalismos é intereses económicos. Y te puedo asegurar que con los años no te van a servir de nada.

—Quiero irme, dijo Tristán exasperado, ¿tiene un teléfono para llamar a asistencia en carretera? No tengo cobertura en el móvil.

—En la biblioteca está el teléfono.

Como si lo persiguiera el mismísimo diablo salió Tristán en dirección de la biblioteca. Sintió un gran alivio al escuchar al otro lado de la línea telefónica la amable voz de la operadora, solicitándole la ubicación del vehículo y confirmándole que en quince minutos estarían con la rueda de recambio.

—Acaban de confirmarme que en quince minutos, vienen con la rueda de recambio —a decir Tristán —que trece se restablezca por completo.

—No hagas esperar más a la última oportunidad que te da el destino. Espero que sepas aprovecharla.

Tristán, ladeo la cabeza a modo de despedida y con paso ligero se acercó a la puerta. La lluvia había cesado y la niebla había desaparecido. La desapacible noche de invierno que había dejado cuando entro en la casa se había esfumado. Cuando llego al coche el servicio de asistencia estaba cambiando la rueda y en cuestión de minutos pudo reanudar el regreso a casa.

Eran las tres de la madrugada cuando hizo girar la llave en la puerta de su casa, y como no, Malena lo estaba esperando despierta para darle su ración de reproches. Tristán aguantó estoicamente el chaparrón verbal de Malena, al tiempo que se miraba en el espejo de la entrada y este le devolvía la imagen de un anciano diciéndole: recuerda la frase de Edag Allan Poe: «Me volví loco, con largos intervalos de horrible cordura». Y así es como se sentía Tristán, su vida eran largos intervalos de horrible cordura, ya que no tenía el valor de seguir a su corazón.

LA MAQUINACIÓN

De forma mecánica, Leopoldo no paraba de dar vueltas al café que le habían servido. Una frase de *Borges* no para de repetirse en su cabeza: «Siempre pensé que el paraíso sería algún tipo de biblioteca», y no podía disfrutar de ese paraíso por las oscuras intenciones que albergaba. Para Leopoldo entrar en una biblioteca era un bálsamo que lo curaba todo, y hoy no podía disfrutar de ese paraíso. Era contraproducente que lo relacionaran con visitas asiduas a la biblioteca, siquiera que todo saliera bien. Así que lo mejor era lo que estaba haciendo, esperar a que el muchacho que veía tocar el violín en la puerta de la biblioteca de Luarca disfrutara por un momento de ese paraíso.

Leopoldo había planeado matar a su mujer, por fin iba a terminar lo que empezó nada más casarse. Llevaba años matando a Martina con su indiferencia, arrogancia y prepotencia, anulándola como persona y considerándola poco más que un objeto de su propiedad, pero de cara a la sociedad eran el matrimonio perfecto que se querían como el primer día. Leopoldo había cursado estudios de magisterio en Valladolid, pero el último año lo curso en Oviedo, donde conoció a Martina. Martina tenía la carrera de Magisterio al igual que él, pero nunca había ejercido. Se conocieron en el último año de carrera, y al finalizar los estudios se casaron. Leopoldo, era un hombre de carácter fuerte y posesivo, que había sabido muy bien disimular la personalidad narcisista que tenía hasta lograr casarse con Martina. No habían tenido hijos por decisión unánime de Leopoldo. Aún recordada él viaje que realizaron a Londres al poco de casarse, eran otros tiempos en España; para todos fue el regalo de cumpleaños de Martina, pero la realidad era bien distinta. Martina se había quedado embarazada y la obligo a abortar. Para Leopoldo Martina era de su propiedad. No tenía voz, ni voto. La tenía totalmente anulada como persona. Él había decidió que Martina no debía de trabajar, no debía de tener hijos, no debía de tener amigas, su vida social se debía circunscribir a la de él, y poco a poco la fue distanciando de su familia.

El pasado mes de septiembre hizo treinta años que habían llegado a Arcallana[1]. Había tomado posesión de la escuela, y aquel plácido y tranquilo pueblo le había dado algo de calma a su retorcida alma; era ahora que estaba a punto de jubilarse, que había decidido que quería experimentar algo nuevo, y saber lo que se siente planeando el crimen perfecto. Desde hacía unos meses tenía la necesidad imperiosa de experimentar como sería acabar con la vida de Martina.

Se había imaginado muchas formas, como fingir un suicidio y ser el desconcertado y desconsolado viudo. Todo eso estaba muy bien, pero él quería algo más sutil, y una mañana observando como su mujer se ponía perfume antes de salir a misa; había encontrado el modo. Todo era perfecto, desde niño era aficionado a la química, afición que nadie sabía, y es más, en su despacho había una puerta secreta que llevaba un laboratorio que solo él conocía. Comenzaría a buscar un veneno que no dejara rastro

---

[1] Parroquia española del concejo de Valdés, en Asturias.

y que Martina se lo podría todos los días. Iba a envenenar su perfume, de forma lenta iría haciendo efecto hasta que llegara el desenlace tan deseado por Leopoldo. Nadie sospecharía, tenía que buscar un veneno que la fuera debilitando y que provocara un fatal desmayo, así todo parecería un irremediable accidente. Y por eso está privado de su paraíso, no podía permitirse el lujo que alguien lo asociara sacando libros de venenos. Por ese motivo estaba esperando ver salir de la biblioteca al muchacho que toca el violín, y comprobar como deja el libro en la taquilla número trece de la estación de autobuses, tal y como le indicaba en la nota que le dejo con cien euros en la funda del violín.

Martina estaba esperando el café que había pedido, sentada en una de las innumerables terrazas que visten con sus mesas, sillas y manteles la Plaza de la Mariana. Era un día de finales de octubre, pero hacía una tarde cálida para estar en el exterior y observar el ir y venir la gente en su rutina matutina. Martina aspiró con suavidad el aire que venía cargada de salitre y paseo su mirada por las casas de vivos colores colgadas en la montaña, Cudillero se presentaba majestuoso ante sus desilusionados ojos. La camarera le dejo el café con leche y siguió atendiendo más mesas. Los nervios hicieron que unas mariposas revoloteando en su estómago, y que un sudor frío le recorriera la espalda. Está muy segura de lo que quería hacer, pero no estaba en su naturaleza asesinar. Estaba organizando el asesinato de su marido; después de meditarlo mucho, y llevar toda la vida con Leopoldo, era su única salida. Había intentado separarse nada más casarse, después de aquel horrible viaje a Londres, en el que la obligo a matar a su hijo. En ese momento comenzó un odio que fue aumentado con los años de matrimonio y que solo logro apaciguar el maravilloso pueblo en el que vivían, Arcallana, con su tranquilidad en medio de las montañas, el paisaje pintado en azul y verde que la saludaba todos los días al despertar, solo esa aparente calma, había logrado apaciguar durante años el volcán que tenía en su interior, y que con la próxima jubilación de Leopoldo había entrado en erupción.

Hacía treinta años que habían llegado a Arcallana, Leopoldo como maestro y ella como la mujer del maestro. Jamás trabajo fuera de casa porque Leopoldo no quería, así que durante esos años ejerció de ama de casa y de la mujer del maestro. Durante los primeros años el odio y el dolor consumían a Martina, cada vez que veía a Leopoldo con sus alumnos hablándoles de modo paternal, y ese odio se disparaba cada vez que en las escasas reuniones que tenían con su familia, ya que Leopoldo no tenía ningún familiar vivo, les preguntaban para cuándo pensaban aumentar la familia, y Leopoldo respondía con cinismo que lo intentaban, pero que la naturaleza no les quería hacer ese regalo.

Una sombra sacó a Martina de sus tenebrosos recuerdos. Delante de ella estaba Nico con el mono de trabajo manchado de grasa. Nico era el hijo del dueño del taller donde Leopoldo llevaba el coche a revisión. Esa mañana había ido Mariana porque él estaba en la escuela y el coche tenía que pasar la ITV. Nico le dejo a Martina las llaves del coche sobre la mesa y un sobre con la factura que había pagado por el cambio de las ruedas. El señor Gómez, le había dicho que se fuera a tomar un café y que su hijo le acercaría las llaves del coche cuando estuviera listo. Martina le dio las gracias a Nico con una amable sonrisa y este inclino la cabeza a modo de respuesta. Martina siguió con la mirada a Nico mientras este se perdía entre la gente de vuelta a su trabajo; con un movimiento rápido, Martina guardo las llaves del coche en el bolso y con disimulo miro dentro del sobre; allí estaba un diminuto frasco con el etilenglicol. Nico había cumplido, Martina se sentía un miserable por haber utilizado la adicción de Nico a los estupefacientes para conseguir el etilenglicol;

700 € habían bastado para que Nico le consiguiera su pasaporte a la libertad. Martina cogió el bolso y el libro que estaba sobre la mesa y se levantó para llevar el coche a la ITV, tal y como le había ordenado Leopoldo. Su mente no paraba de imaginar cómo sería ese momento en el que Leopoldo diera su último suspiro. Un regocijo inmenso estalló en su interior, dejando traslucir una leve sonrisa de satisfacción; «en breve seré libre, primero seré una afligida viuda que echara tanto de menos a su compañero de vida que necesitara poner tierra de por medio, y que mejor lugar que París para intentar recomponer mi alma rota…», pensó Martina. París siempre es una buena opción, y como dijo Humphrey Bogart a Ingrid Bergman en *Casablanca*: «Siempre nos quedará París» recordó Marina mientras se perdía entre la algarabía de la gente que llenaba de vida la plaza de la Plaza de la Marina.

LA DESPEDIDA

Un tímido sol de principios de septiembre daba luminosidad a aquella oscura mañana, al menos así se le antojaba a Leonor, oscura y triste. Leonor, debía de sentirse alegre, pero una punzada de dolor le atravesaba el pecho. Su hija Esther y si nieta Laly se marchaban del pueblo del páramo leones que las vio nacer y crecer, a un mundo nuevo, al menos así lo veía ella. Asturias se le antojaba lejísimos, pero, a su hija Esther le había salido escuela en Cazo, Ponga, (Asturias)[2]. Corría el año 1965 y desde que Esther

---

[2] Cazo es una parroquia del concejo Asturiano de Ponga.

---

terminó la carrera de magisterio en 1958 había comenzado a ejercer en Asturias.

Leonor paseó sus cansados ojos por el enjambre que configuraban los innumerables trenes que llegaban y salían de la estación de León. De pie, ataviada con un vestido negro, zapatillas de esparto negras y un mantón del mismo color en los hombros, para protegerse del fresco de la mañana, esperaba junto a su marido Manuel a que llegaran su hija y si nieta, habían ido a preguntar con cuanto retraso saldría el tren que iba para Asturias. Manuel miró hacia la puerta impaciente y al fondo vio aparecer a su hija seguida de su nieta. Con paso ligero y una sonrisa en los labios llegó Esther repleta de alegría y vitalidad.

—Padres, nos ha dicho que está ya en la vía 1.

Manuel comenzó a coger las maletas que estaban en el suelo ayudado por su hija y nieta. Leonor sostenía con fuerza el paquete con comida que les había preparado. Se había pasado la tarde anterior guisándoles un pollo para que lo comieran en el viaje. Con paso firme, Manuel inicio la marcha hasta el tren.

—Bueno niñas, ha llegado la hora —dijo Manuel con voz firme.

—Toma Laly, no te olvides de la comida.

—Gracias abuela —respondió Laly con dulzura.

Unos sonorosos besos rompieron el silencio que se formó entre los cuatro a la hora de despedirse. Un nudo en la garganta le impedía a Leonor hablar al igual que a su marido Manuel. Con lágrimas en los ojos, Laly y Esther subieron al tren. Un nuevo mundo se abría ante ellas fuera de su hogar y alejadas de su familia. Laly iba durante un breve espacio de tiempo a acompañar a su tía al destino que le habían asignado. Durante este curso Esther sería la maestra de Cazo, en el concejo de Ponga, en Asturias. Un lugar lejano y totalmente diferente a su tierra natal, el páramo leonés.

Asturias, tan cerca ahora y tan lejos en aquellos años. A Leonor se le hacía un mundo ver partir a su nieta y a su hija. Unas lágrimas comenzaron a deslizarse por las blancas y delgadas mejillas de Leonor. Esther, asomada desde el vagón del tren, intentaba mantener la compostura. Besos lanzados al aire y sonrisas cargadas de tristeza eran la despedida a medida que el tren comenzaba a moverse rumbo a su nuevo destino.

—Escribe hija —se le oyó decir a Manuel al tiempo que su voz era ahogada por la locomotora del tren.

—Les escribiremos abuelos —acertó a decir Laly sonriendo y llorando a la vez que despedía a sus abuelos, tan ancianos, tan frágiles.

La carta no se hizo esperar mucho. Una fresca mañana de septiembre Manuel entro raudo en la cocina con una carta en la mano, y una inmensa sonrisa le iluminaba el rostro.

—Leonor, Leonor, carta de Esther. Me la acaba de dar el tío Dionisio que se encontró con el cartero en la Media Villa[3].

—¿Y qué dice? —apremio Leonor a su marido, al tiempo que soltaba la cuchara de madera en el plato de barro y apartaba la cazuela de patatas guisadas del fuego.

—No sé mujer, ahora la leo.

Manuel se puso los anteojos y se sentó en el banco de madera. Leonor acercó una silla a la mesa y se sentó. La puerta de la cocina se abrió y entro la nieta más pequeña, Azucena, seguida por una despistada gallina. La niña cerró la puerta y corrió a sentarse en el regazo de su abuela. De debajo de la mesa salían un

---

[3] Plaza de la pequeña población de Villar de Mazarife, ubicado en el Páramo leonés. Debe sus orígenes a Mazaref, cabeza de una ilustre familia de mozárabes cordobeses.

leve murmullo de voces infantiles que rompían el silencio. Manuel y Leonor agudizaron el oído con curiosidad.

—¿Y para qué querrá el abuelo la radio?, decía un niño alto, delgado, de ojos negros y vivaces.

—¡Anda! —respondió una niña de la misma edad y altura que el niño, con cabello castaño y una dulce sonrisa —para enterarse de lo que pasa por el mundo.

—¡Javier! ¡Estherina! ¿Qué hacéis debajo de la mesa?, y encima comiendo los garbanzos del gato. Venga, sentaos a mi lado en el banco, que voy a leer la carta de vuestra tía Esther; y cuenta cosas de vuestras hermanas.

Los niños sin rechistar salieron de debajo de la mesa y se sentaron junto a su abuelo, que con sumo cuidado había comenzado a desdoblar la carta.

Todos atentos, dijo Manuel con los anteojos puestos y dispuesto a comenzar la lectura. El silencio fue lo que le dio pie a comenzar:

Queridos Padres,

Esperamos que al recibo de la presente estén todos bien. Nosotras hemos llegado bien y estamos muy contentas. Estos parajes son muy diferentes a nuestro pueblo. Aquí todo es verde y muy montañoso. La vegetación es muy frondosa con bosques de castaños y avellanos. Donde nos encontramos es un pueblo pequeño que se dedican al ganado fundamentalmente. El paisaje es precioso. Prados verdes, pastados por vacas autóctonas de la región, caballos y alguna oveja. Ríos de aguas cristalinas y montañas que llegan hasta el cielo. Es un paisaje pintado en azul y verde que contrasta con el amarillo y marrón del páramo leonés y sobre todo con las llanuras a las que estábamos acostumbradas, tanto es así que el otro día llegábamos tarde a misa y decidimos cruzar por un prado, pero no calculamos la pendiente que tenía y Laly, que estaba guapísima con el traje amarillo, que tanto le gusta a madre, tropezó y marchó rodando hasta el final del prado. ¡Pobre! ¡Qué disgusto se llevó!, el traje terminó marón y aún no ha sido capaz de sacarle las manchas.

Respecto a los niños de la escuela, son muy buenos. Tengo uno en particular que es un diablejo y me produce mucha ternura. Se llama Amador y vive con su tío soltero Juaco. Amador tiene dificultad para hablar, cojea y en un brazo le falta movilidad. Su tío me comento que no era de nacimiento. Que su hermana se había dado a la bebida, la madre de Amador, y de bebé lo había tirado por la ventana porque lloraba. Desde entonces él se había hecho cargo del niño. Me produce mucha ternura Amador porque es un superviviente y el resto del pueblo lo tienen por tonto. El otro día me hizo pasar un mal trago. Se presentó en la escuela un señor buscándolo con muy malos modos. El señor en cuestión es un vendedor ambulante que en otoño viene a y comprar avellanas al pueblo. Pues resulta que Amador le había vendido una bolsa de avellanas y cuando el buen hombre abrió la bolsa había más piedras que avellanas. A nosotras nos quiere mucho, y creo que su tío Juanjo está enamorado de Laly, no para de traernos, pollos y conejos. El otro día nos invitó a merendar a las tres, Ludi, Lay y yo. Amador nos preparó una mesa preciosa, hasta la adorno con flores silvestres y su tío Juaco quedó maravillado con los ojos de Ludí: «Yes más guapina que la virgen de Covadonga» le dijo.

Queridos padres no se preocupen que estamos bien. Lo único que me apena es tenerlos lejos y que en breve Ludí y Laly se marcharan, pero afortunadamente viene Arcadio todos los fines de semana que no trabaja. Ahora está jugando con los niños que están en el recreo jugando con el balón que les ha traído.

Mil besos y abrazos para todos mis hermanos y sobrinos y para ustedes todo mi amor y cariño.

Su hija que los adora

Esther

—Parece que están bien, concluyó Manuel. Ves mujer como no tenías de que preocuparte.

—Ya lo sé —contestó Leonor mientras le acariciaba el pelo a su nieta Azucena. Es inevitable que una madre no se preocupe…

—¿Y dónde está ese sitio donde esta tía Esther y mi hermana? —preguntó Javier a su abuelo.

—Vete por la enciclopedia Álvarez —indicó Manuel a su nieto.

El niño salió veloz de la cocina al portal, donde había dejado el cabás de la escuela tirado encima de la vieja arca, fruto de las prisas de ir a jugar con su prima Estherina. Veloz como un rayo regreso a la cocina con el libro. Manuel se colocó los anteojos y busco un mapa de España.

—Aquí está vuestra tía Esther y vuestras hermanas —señalo Manuel con el dedo sobre el mapa de España.

—Va... abuela. Están un poco más arriba que nosotros —dijo inocentemente Estherina.

—¿Qué es esto abuelo? —preguntó Azucena al tiempo que depositaba su delgado dedo sobre el azul del mapa.

—Eso es el mar —contestó Manuel con mirada soñadora.

—¿Y qué es el mar? —preguntó Estherina sumamente intrigada.

—Mis niños —comenzó a decir Manuel—. El mar es una gran masa de agua salada que no hemos visto nunca ninguno de nosotros.

—¿Sabes una cosa abuelo?, acertó a decir Azucena, yo cuando sea mayor voy a conocer el mar y vivir en un sitio con mar.

—Eso está muy bien mi niña —respondió Manuel al tiempo que le daba un beso.

—¿Y qué hace la tía Esther en Asturias?, preguntó Javier.

—Buscar su destino. Cada uno es artífice de su propia ventura [4] —respondió Manuel con una orgullosa sonrisa asomando a los labios.

---

[4] Don Quijote. Capítulo 66. Segunda parte de Don Quijote de la Mancha.

LA LIBERTAD DE CASILDA

Una espesa niebla envolvía a la ciudad de Londres. Casilda tuvo que apoyarse en su primo Oliver para no tropezar al bajar del carruaje; un frío extraño le recorrió el cuerpo produciéndole un estremecimiento que afortunadamente no noto ninguno de sus acompañantes. La comitiva hacia la casa de la condesa de Miracle la inicio su padre, el Duque de Denson, seguido de su madre, su tía Eulalia, y su primo Oliver.

Había comenzado la temporada de bailes en Londres, y Casilda, como joven casadera tenía que asistir a estas fiestas, estaba en el mercado del matrimonio. Cada día detestaba más tener que asistir aquellos tediosos bailes en los que se sentía como mera mercancía. Se despreciaba a sí misma y a sus padres por obligarla a participar en aquel mercadeo que llamaban conseguir un buen partido como marido, y a ella, por participar en esa pantomima regalando su mejor sonrisa fingida a los caballeros que tenía en su carnet de baile.

Casilda no sabía quiénes le resultaban más repelentes, si los jovencitos petimetres que se creían que eran el ombligo del mundo por ser joven, algunos agraciados físicamente, y pertenecer a familias ricas e influyentes con título nobiliario, o aquellos caballeros que casi le doblaban la edad, y que lo que buscaban era una mujer con la que engendrar su heredero legítimo.

Un criado vestido con sus mejores galas, les tomo los abrigos y los acompaño al gran salón; un calor sofocante los recibió y a Casilda se le hizo casi insoportable respirar aquel aire. El salón estaba perfectamente iluminado, la orquesta había comenzado a tocar, y colocadas estratégicamente, había varias mesas con algún que otro refrigerio, además de ponche para las damas y bebidas alcohólicas varias para los caballeros. Unos elegantes floreros con peonias y hortensias rosas y azules le conferían un toque de elegancia y frescura al salón de baile. La condesa de Miracle era famosa por su buen gusto en la decoración de sus diferentes propiedades repartidas por toda Inglaterra. Una suave caricia en el hombro hizo a Casilda volver a la realidad, y saludar con cortesía a la anfitriona de la fiesta.

—Casilda, querida, estás arrebatadora esta noche. Seguro que hoy consigues un pretendiente con propuesta de compromiso.

—Muchas gracias, contesto Casilda con una tímida sonrisa.

—Pero pasad —dijo Dorotea, al tiempo que se cogía del brazo de Lady Denson y Lady Eulalia.

Casilda comenzó a caminar detrás aquella mujer vivaracha y parlanchina mujer que era su anfitriona, y que había secuestrado a su madre y su tía durante toda la noche; sin lugar a dudas tendrían mucho de lo que cotillear.

Esa sensación de ahogo volvió otra vez a Casilda, miro el salón repleto, y se sintió angustiada y fuera de lugar. Se sentía sin fuerzas para seguir fingiendo. No quería estar allí sosteniendo conversaciones insustanciales con las muchachas de su misma edad, que estaban allí con el único propósito de cazar marido. Esa noche se le hacía insufrible solo pensar en los interminables bailes en los que se sentía observada con un mero trozo de carne listo para ser comprado.

Corría el año 1891, Casilda quería ir a la universidad, cursar la carrera de matemáticas y ser una mujer independiente, viajar... Pero eso solo lo sabía ella, jamás se le ocurriría compartir esto con sus padres. La tacharían de loca, y la enviaran al campo con la tía Geltrú hasta que se le pasaran esas ideas locas. Sus padres no podían enterarse de que su escrito favorito era Oscar Wilde, y que sentían una profunda devoción por Ada Lovelace[5]. Casilda se preguntaba porque su madre no podía ser como la de Ada Lovelace, y ayudarla a cultivar esa pasión que sentía por las matemáticas y fomentar las ansias de aprender.

Casilda no había nacido para estar a la sombra de un hombre que decidiera todo sobre su vida, y que su vida se circunscribiera a ser madre y esposa. Solo de pensarlo se le revolvía el estómago, y, sin embargo, allí estaba, en un salón repleto de extraños que le producían un inmenso hastío. De estos oscuros pensamientos la sacaron una firme voz que le ofrecía un refrigerio. Casilda, al girar la cabeza, se encontró con un joven que sostenía una bandeja. Con desgana tomo un refresco y sin mirarlo le dio un sorbo a la

---

[5] Fue una matemática y escritora británica, célebre sobre todo por su trabajo acerca de la computadora mecánica de uso general de Charles Babbage.

bebida, de repente noto que algo ligero como una pluma tocaba sus pies. Al bajar la mirada vio cómo se posaba en el bajo de su vestido un pequeño papel todo garabateado. Apremiada por la curiosidad, recogió el minúsculo papel y sus ojos se iluminaron al ver que aquellos garabatos eran algoritmos matemáticos; Casilda en un primer momento se sintió desconcertada, no comprendía de donde había salido aquel papel, hasta que diviso al joven con la bandeja de refrescos alejarse. Con decisión, Casilda se mezcló entre las parejas que estaban bailando hasta alcanzar al joven.

—¿No habrá perdido esto? —pregunto Casilda al joven, al tiempo que mostraba discretamente el garabateado papel.

Los ojos del joven se iluminaron de alegría y con perspicacia tomo el papel de la mano de Casilda.

—Muchas gracias, señorita, no se imagina el favor que me ha hecho, ¿pero ¿cómo ha sabido que era mío?

—No lo sabía, pero por lógica pensé que era suyo, usted acaba de estar a mi lado cuando me ofreció el refresco, y además nadie de esta sala tiene algo así en sus bolsillos.

En los labios del joven se dibujó una pícara sonrisa.

—Por lo que he podido ver, es un algoritmo matemático —continúo diciendo Casilda.

—¿Entiende usted de matemáticas?, inquiero el joven extrañado.

—Son mi pasión, sin embargo, aquí estoy, en un salón repleto de insulsos mentecatos que me ven como un trozo de carne que está en venta. Casilda se tapó inmediatamente la boca con la mano y sintió como el rubor subía hasta sus mejillas. No se explicaba cómo había dicho algo tan inapropiado, y además a un desconocido.

El joven la miro con una profunda mirada cargada de curiosidad.

—Me llamo Carl, y siento la misma pasión que usted por las matemáticas.

—Mi máxima ilusión sería estudiar matemáticas. Soy una profunda admiradora de Ada Lovelace.

—Aquí no podemos hablar —dijo el joven que no paraban de reclamar su atención las señoras que estaban sentadas enfrente.

—Cierto.

—Además, ¿qué dirán de usted viéndola hablar tanto tiempo con un criado?

—Eso no me importa.

—¿Le parece un atrevimiento que la invite mañana a tomar el té en el café que está enfrente del museo de ciencias naturales?

—No me lo parece, allí estaré.

El día amaneció con un tímido sol que poco a poco fue engullido por una persistente niebla. Casilda se ajustó la capa y acelero el paso. A su madre le dijo que iba a tomar el té con su amiga Laura, así que el cochero la dejo en casa de Laura, y el resto del camino lo tuvo que hacer andando. Cuando llego Carl ya había llegado y estaba sentado en una discreta mesa junto a la ventana. Al verla se levantó, la ayudo a quitarse la capa y le separo la silla.

—Perdón por llegar tarde, pero he tenido que decirle a mi madre que iba a tomar el té con una amiga.

—Comprendo, dijo Carl al tiempo que pedía té y unos pastelitos de crema.

—Me llamo Casilda.

—Encantado de conocerla Casilda, mientras le estrechaba la mano.

—Así que es un apasionado de las matemáticas —dijo Casilda para romper el silencio incómodo que se había instalado entre los dos.

—Efectivamente, estoy estudiando matemáticas, y en un futuro espero poder dar clases en la universidad.

Los ojos grises de Casilda se iluminaron al escuchar aquellas palabras, y a la vez un nudo en el estómago hizo acto de presencia. Carl estaba haciendo lo que ella más anhelaba, y que no podía hacer por el mero hecho de ser mujer.

Como si Carl adivinara sus pensamientos comenzó a hablar de Ada Lovelace, mujer y matemática, y como cuando nadie más vio el potencial de la máquina analítica creada por Charles Babbage, Ada Lovelace, fue capaz de desarrollar el primer algoritmo con capacidad para ser procesado por ese aparato.

—Pero Ada Lovelace, tenía a una madre que la apoya en cultivar su intelecto —dijo Casilda con tristeza.

—Creo que nada es imposible, solo lo que no se intenta.

—Sabía que Ada Lovelace, en 1842, realizó su único trabajo profesional para la revista *Scientific Memoirs*, que le encargó la traducción de un artículo escrito en francés por el ingeniero militar italiano Luigi Menabrea en el que se describía la máquina analítica de Babbage[6]. Ada publicó el artículo con abundantes notas de su cosecha, en las cuales aportaba sus propias teorías acerca del funcionamiento de la máquina de Babbage.

—Lo conozco, además de mis estudios estoy en un club de matemáticas, donde participan profesores y alumnos de la universidad, ¿tal vez le gustaría asistir alguna de nuestras reuniones?

Casilda no daba crédito a lo que estaba oyendo.

—Le puedo asegurar que no discriminamos a nadie, todo aquel que ame las matemáticas en bienvenido, sea hombre o mujer.

Casilda no podía hablar de la emoción, solo acertó a confirmar con un leve movimiento de cabeza.

—Y quién sabe, tal vez en un futuro no muy lejano, termine cursando estudios en la universidad. Bienvenida a nuestro club.

Casilda tomó un sorbo de té, y con una mirada cargada de gratitud miro a Carl que estaba dando un mordisco a un pastelito de crema. Por fin, Casilda

---

[6] Matemático y científico de la computación británico. Diseñó y desarrolló una calculadora mecánica capaz de calcular tablas de funciones numéricas por el método de diferencias

sintió que había un pequeño atisbo de tomar las riendas de su vida.

Habían pasado cinco años desde aquella decisiva tarde. Cuando Casilda llegó a casa después de tomar el té con Carl, escucho la voz de Lady Miracle. Tras dejar la capa, el sombrero y los guantes a la criada se acercó a la salita de té. Sus oídos no la habían engañado, su madre tenía la visita de Lady Miracle que estaba acompañada por un hombre mayor, que a Casilda le desagrado su presencia.

Después del tiempo transcurrido, Casilda recordaba con total claridad todo lo que había sucedido. Ese caballero era el sobrino de Lady Miclare, y en el último baile se había fijado en ella. Estaban allí porque había decidido empezar a cortejarla. Sus padres estaban de acuerdo, y si el conde de Durham seguía con la misma opinión sobre Casilda, se casarían en el verano.

Cuando la madre de Casilda le comunico las intenciones del conde de Durham, Casilda quedo tan horrorizada que le entraron unas fiebres que la tuvieron en la cama casi un mes. Cuando Casilda estuvo casi recuperada, y tuvo fuerzas para hablar con su madre, la informo de sus anhelos, y que entre estos no estaba casarse con un hombre que no conocía y que le resultaba repulsivo. La madre de Casilda achaco el comportamiento de su hija a las fiebres y que aún no estaba recuperada, pero cuando la recuperación fue total y vio que Casilda continuaba con esas ideas tan inapropiadas de una dama, no le quedo más remedio que hablar con su esposo.

Los padres de Casilda, hicieron odios a la opinión de su hija y continuaron con los preparativos, aquella boda debía de celebrarse. El conde de Durham sería quien abriría las puestas de la política al padre de Casilda.

Casilda se sentía como moneda de cambio, la desesperación era su única compañera, hasta que en un momento de desesperanza, y como último recurso, le escribo a Calr. La respuesta de Calr no se hizo esperar, los dos urdieron un plan de escapar juntos para casarse, pero durante la huida serían descubiertos por Lady Miracle y su sobrino, de este modo perdería el interés en ella

Sería un escándalo para su familia, pero era lo único que podía hacer.

Hacía cinco años que Casilda había huido con Carl con la intención que los descubrieran. En la huida fueron interceptados, pero el resultado no fue el que esperaba Casilda. Fue repudiada por su familia, y lo único que le quedo fue Calr, y sus libros. Después de cinco años, y pasando muchas necesidades, logro estudiar matemáticas, y tanto Calr como ella eran profesores de matemáticas.

Carl y ella se habían casado, y le partía el corazón recordar que sus padres se habían negado a ir a la boda, y también a conocer a su nieta, que pronto cumpliría dos años.

Casilda había logrado su libertad, pero había perdido a sus padres. La intransigencia se había impuesto ante el amor a su hija.

TIEMPO DE MANZANAS

Todo comenzó una bella mañana de septiembre. Aquel día había amanecido con un radiante sol que brillaba en un cielo azul intenso, ni una mínima nube se atrevía a surcarlo. El viento del sur soplaba con delicadeza meciendo los manzanos cargados de la deliciosa fruta. Por el camino de la ermita, el que conducía al pueblo, iba una joven elegantemente ataviada con una pequeña maleta negra, que agarraba como si la vida le fuera en ello, y detrás de ella Don Tobías, paisano del pueblo vecino, que llevaba a Perico, su borrico, cargado de maletas hasta el rabo.

«Esta *mozina* no se cansa», pensó el Señor Tobías mirando de soslayo a la joven esbelta que con paso firme caminaba en dirección al pueblo.

A la entrada del pueblo había un manzano, que a juzgar por su aspecto debía de llevar bastante tiempo contemplando el ir y venir de los vecinos de aquel recóndito lugar. Esther, que así se llamaba la joven, echo un rápido vistazo a la plaza del pueblo. Se encontraba en una aldea que no tendría más de treinta vecinos, donde la carretera de acceso era de tierra. En tres kilómetros había contado catorce curvas. Parecía que estaban subiendo al cielo y que la escalera era aquella inmensa y majestuosa montaña, y el único medio para llegar era Perico, el borrico del Señor Tobías, que con desdén la miraba culpándola del sofoco de llevar sus bártulos.

Un alegre griterío los recibió. Algunos niños estaban jugando sentados debajo del majestuoso manzano mientras sus madres lavaban en el lavadero del pueblo. A la algarabía de los niños se unió los rebuznos de Perico, harto de cargar con las maletas, y el tañer de la campana de la iglesia que anunciaba el ángelus. Como si de un aviso se tratara los rebuznos de Perico, todas las miradas de los allí presentes se clavaron en Don Tobías y la desconocida que lo acompañaba. Los niños miraron a la desconocida con curiosidad, las madres con recelo y desconfianza. En el pueblo no estaban acostumbrados a recibir extraños y aquella mujer ataviada con un traje, chaqueta azul, camisa roja, zapatos de tacón altos, nada adecuados para andar por aquellos andurriales, y peina con moño que era adornado con un pequeño sombrero al estilo Jackie Kennedy les produjo aún más desconfianza. Las mujeres que estaban en el lavadero se miraron unas a otras sin articular palabra. Era como si un figurín de las revistas que veían cuando bajan por víveres a casa de la Señora Tomasa se hubiera materializado y estuviera plantada en medio de la plaza del pueblo con una pequeña maleta negra que sujetaba con fuerza.

Una niña de unos cuatro años, de pelo negro y ensortijado, se acercó a la desconocida. Clavo sus negros ojos en ella y con voz firme le pregunto:

—¿Tú quién eres?

—Hola pequeña. Soy la nueva maestra y busco al alcalde.

—¿Cómo te llamas? —pregunto la pequeña con ojos curiosos y mirándola de arriba abajo.

—Esther, ¿y tú?

—Gabriela. El alcalde no está. Está en la braña con Esmeralda, Pinta, Roxia, Careta, Negra y Luna.

—¡Ah! ¿Qué son su mujer e hijas? —Preguntó inocentemente Esther.

—¡Qué tonta! —Dijo la niña partiéndose de risa—. Son sus vacas y su perra. Ven, dijo la niña a la par que la tomaba de la mano y tiraba de ella en dirección al lavadero. Esta es la mujer del alcalde.

—Buenos días, señora —saludo Esther, con naturalidad a la mujer que tenía enfrente y que la miraba de reojo—. Soy la nueva maestra, Esther, y me gustaría saber dónde está la escuela para dejar mis cosas.

La mujer con gesto huraño le indico el camino que salía a la izquierda del lavadero. Perico fue quien inicio la marcha seguido por su sueño y Esther. Al final del camino encontraron un recio edifico de piedra, bastante deteriorado. En la parte de abajo se encontraba un habitáculo cuadrado, con el suelo de tabla muy deteriorada y unos quince pupitres sucios y desvencijados. Algunos cristales estaban rotos y las telas de araña adornaban la estancia. Una linda gatita blanca y negra salió a saludarla con sus tres gatitos. «Alguien que me recibe con amabilidad», pensó Esther al tiempo que miraba descorazonada la escuela. Volvió sobre sus pasos y subió la esclarea de piedra que conducía al piso de arriba. Se encontró con lo que supuestamente era la vivienda. Si el aspecto de la escuela era descorazonador, el de la vivienda lo era aún más. Era imposible vivir allí.

Esther, bajo presurosa las escaleras, y sin mediar palabra con el señor Tobías, que estaba intercambiando impresiones con un vecino. Cuando llego al lavadero las mujeres estaban cuchucheando sobre la desconocida.

—Señoras, tengo que hablar con ustedes.

Las mujeres la miraron sin mediar palabra. Fue la mujer del alcalde, la que con aspecto desafiante se secó las manos en el mandil y se acercó a ella.

—Y ahora la s*eñoritinga* que quiere.

—¿Su nombre… es? —pregunto Esther con toda la calma del mundo.

—Virginia, respondió la mujer. Diga rápido lo que tenga que decir que tenemos cosas que hacer.

—Mi nombre es Esther, y como les he dicho anteriormente soy la nueva maestra. He visto la escuela y está inhabitable. Tenemos que buscar una solución. No querrán que sus hijos reciban clase en un lugar insalubre.

—Pero esta *señoritinga* quien se cree que es para venir a insultarnos a nuestro pueblo con esos aires de capital. Intervino otra mujer desde el fondo del lavadero.

—Oiga —se defendió Esther —yo no he insultado a nadie.

—Como que no —continuo la mujer—. Nos dice palabrerío que entendemos, y con esos aires de superioridad. Coja el camino de vuelta.

—Lamentando mucho eso no puedo hacerlo, manifestó Esther de forma tajante. Así que tenemos que buscar una solución. Hay que limpiar la escuela y necesito un sitio donde alojarme. Dicho esto, se sentó en una esquina del lavadero, justo donde salía el agua limpia que bajaba de la montaña.

—Mamá, ¿qué pasa?, era Gabriela que con angustia miraba a la mujer que increpaba a la maestra.

—Nada —respondió Cristina malhumorada a su hija.

—Porque le hablas mal a la señora guapa. Yo quiero que sea mi maestra.

—Usted ha educado a una niña tan encantadora como Gabriela, por tanto, esa educación usted la tiene, aunque se empeñe en no mostrarla, intervino Esther.

Como han pasado los años, se dijo Gabriela, mientras detenía el coche en frente de la vieja escuela. Ese día había estado explicando a sus alumnos de primaria en que consistía la fotosíntesis, y no pudo menos de recordar a aquella extraña que apareció un día de septiembre con el viento del sur y que fue su primera maestra. Gracias a ella, ahora ella es maestra. De aquella maleta negra que no dejaba ni a sol ni asombra, y que tanta curiosidad les causa a los alumnos. En aquella maleta llevaba su mayor tesoro, sus libros.

Con paso lento, y mirada perdida en el tiempo, Gabriela subió los desgastados escalones de su vieja escuela. La escuela donde aprendió a leer, escribir, a descubrir el mundo, a tener curiosidad. Con mano temblorosa por la emoción, hizo girar el pomo de la vieja puerta y entro en el habitáculo. Un olor a rancio, humedad, tiza y libros viejos la recibieron transportándola a sus cuatro años. Paseo entre los viejos pupitres y se sentó en el que había ocupado aquel maravilloso curso. De repente volvió a sus cuatro años. A ser una niña curiosa, con mirada inteligente. Una pequeña de pelo negro que movía enérgicamente cuando no entendía algo. De nuevo, estaba allí, sentada en su pupitre y su querida maestra, Doña Esther, con una brillante y roja manzana en las manos preguntando ¿Qué es la fotosíntesis? ¿Alguien me lo puede decir? Nadie. Bien, hoy os voy a explicar en qué consiste la fotosíntesis.

«Los árboles y las plantas usan la fotosíntesis para alimentarse, crecer y desarrollarse.

Para realizar la fotosíntesis, las plantas necesitan de la clorofila, que es esa sustancia de color verde que tienen en las hojas y responsable de ese característico color verde de las plantas. Es la encargada de absorber la luz adecuada para realizar este proceso

Las raíces de las plantas crecen hacia donde hay agua. Las raíces absorben el agua y los minerales de la tierra. Con el agua y los minerales absorbidos por las raíces hasta las hojas a través del tallo se realiza la fotosíntesis en las hojas, que se orientan hacia la luz. La clorofila de las hojas atrapa la luz del Sol. A partir de la luz del Sol y el dióxido de carbono, se transforma la savia bruta en savia elaborada, que constituye el alimento de la planta. Además, la planta produce oxígeno que es expulsado por las hojas…»

Un leve murmullo volvió a Gabriela a la realidad. Era su madre que de forma trabajosa se sentaba a su lado. Tu padre me dijo que había visto tu coche hace media hora y al no llegar a casa supuse que estarías aquí.

—Hola mamá, respondió Gabriela —con dulzura.

—¿Qué haces aquí? —pregunto Cristina fijando la mirada en su hija.

—Recordar, volver a mis cuatro años. Cuando aprendí a leer, escribir y decidí que quería ser maestra.

—Te acuerdas mucho de ella

—Sí. Aún recuerdo el día que llegó

—Hija, yo siento vergüenza de lo mal que la tratamos y lo bien que ella se portó con el pueblo

—Bueno, los inicios no fueron fáciles, puntualizó Gabriela, pero cuando llego fin de curso llorábamos todos. Incluido el alcalde. Estaba recordando la primera vez que me explicaron que era la fotosíntesis. Hoy se la he explicado a mis alumnos. Gracias a Doña Esther, yo soy maestra, y cada vez que llega septiembre para mí es tiempo de manzanas.

TODO PUEDE SUCEDER BAJO EL CIELO DE PARÍS

En algún momento de la vida y por la más nimia de las cosas, todo cambia. Eso es lo que le paso a Federica. Estaba harta, cansada, atrapada y sin salida en una existencia que cada día le pesaba más, y que la estaba asfixiando. Fue aquella notificación que acababa de llegar lo que puso punto y final a esa existencia que tanto aborrecía. Cada día era una luchaba, contaba los minutos para que llegara el fin de semana.

Horas delante del ordenador, horas aguantando a la gente que cada día detestaba más y que la enfermaban. Horas solucionando asuntos que ni le iban ni le venían. Cada día aborrecía más las tramites con la administración. Le resultaban tan tediosos que un nudo de angustia y rabia le oprimían la garganta. Federica miraba con tristeza como pasaban los días y con ellos la vida.«Algún día tengo que cambiar esto» se repetía una y otra vez. Últimamente, se sentía profundamente enfadada y decepcionada consigo misma por no tener la valentía de hacerlo. Ese día y sin ella esperarlo, sucedió. Algo en su interior dijo:«¡Hasta aquí!, y no hay vuelta atrás». Con decisión cerro el ordenador, la oficina y con ello su antigua vida. Como si el diablo la persiguiera llego a su casa. Metió cuatro trapos y sus libros más queridos y se dirigió al aeropuerto. Por fin lo había hecho; sentada en el avión rumbo a París, analizo de nuevo su situación, «¿estaba sufriendo un episodio de locura transitoria?» se preguntó, «¡no!» se respondió de inmediato. Locura había sido todos los años de vida que no había vivido. Qué pena de años malgastados. «El tiempo no vuelve, y yo he desperdiciado, pero nunca es tarde si la dicha es buena» se dijo a sí misma mientras consultaba en la agenda electrónica la dirección de su nueva casa en la Place du Tertre, en Montmartre.

—Tu osadía no tiene límites —dijo su cerebro a su corazón. Cómo se te ocurre abandonarlo todo y venir a París. Ni siquiera has visto la buhardilla, ni el bajo que has comprado. Poner una librería, pero si ya nadie lee.

—No querido cerebro —respondió con rotundidad el corazón. Loca estaba desperdiciando su vida. Locura era continuar en una existencia que detestaba y no atreverse a luchar por cambiar.

La discusión entre el cerebro y el corazón de Federica tuvo que quedar postergada para otro momento, la azafata anunció que en unos minutos iban a aterrizar en el Charles de Gaulles.

Cuando Federica salió del aeropuerto era casi de noche. El taxi la dejo a los pies de Montmartre. Aunque su maleta era pequeña, decidió tomar el funicular. Las vistas de la ciudad eran espectaculares. Las luces que comenzaban a encenderse se entremezclaban con la puesta de sol sobre París. Aspiro profundamente y se abandonó a la contemplación del precioso atardecer que tan generosamente París le estaba regalando a modo de bienvenida. Era como si todo dijera, «bienvenida a casa Federica, aquí vas a ser feliz». Una voz masculina la sacó de la ensoñación en la que se encontraba. Había llegado a su destino. Como si se bajara de una nube, Federica piso la empedrada calle. Las farolas estaban a pleno rendimiento y un agradable devenir de gente la recibió. Con mano firmé se abotonó el abrigo y se ajustó la bufanda. Se colocó la boina y emprendió la calle que se presentaba delante de ella. Al cabo de unos minutos estaba en la Place du Tertre que estaba abarrotada de restaurantes, pequeñas tiendas y pintores que ofrecían sus obras a los turistas. Con mirada perdida busco el número 13 de la plaza. Allí estaba su nuevo hogar y ardía en deseos de verlo.

Madame Marie le había dicho que ella regentaba una pequeña boutique en la misma plaza. Entre dos pintorescos restaurantes se encontraba *La boutique Marie*. Con decisión dirigió sus pasos hacia la boutique, en la puerta se encontró una mujer regordeta y elegantemente vestida que estaba a punto de cerrar. Con un olvidado francés, Federica saludo a la amable mujer y se presentó. La mujer terminó de cerrar su negocio y acompaño a Federica a la casa que estaba dando vuelta a la esquina. Un pequeño edificio de tres plantas, pintado en un llamativo violeta, fue con lo que se encontró Federica. En la parte de abajo había un local cerrado que en breve sería su librería. En la parte de arriba estaba la que sería su casa. Madame Marie, hizo girar la llave del portal y ante ellas aparecieron unas viejas escaleras de madera que crujían en cada paso. Estaban limpias y enceradas, pero eso no podía disimular los años que tenían y la vida que por ellas había pasado. Madame Marie le entrego las llaves y se despidió de Federica hasta el día siguiente. El corazón de Federica latía de una forma frenética a la par que el cerebro le recriminaba una y otra vez su decisión. Con tranquilidad subió las escaleras hasta el tercer piso, donde estaba ubicado la buhardilla de la que ahora era propietaria. En el rellano había dos puertas pintadas de un verde botella. Federica miró el llavero que le había dado Madame Marie, 3º izquierda. Hizo girar la llave en la puerta. El cerebro de Federica empezó a gritar desesperadamente,«ya te lo había avisado. Mira qué cuchitril», pero inmediatamente fue acallado. Ante Federica se presentó una estancia acogedora y diáfana. Una gran cristalera presidía la estancia. Una pequeña estufa de hierro fundido estaba escoltada por dos sillones orejeros tapizados en tonos naranja y marrón. En la cristalera descubrió una puerta que daba a una pequeña terraza ubicada en el tejado y desde se podía ver París de frente, a la izquierda la Basilique du Sacré-Coeur, y a la derecha el entramado de callejuelas que desembocan en otra pequeña plaza. Federica volvió sobre sus pasos y busco la habitación. Estaba pintada en tonos blanco roto y violeta suave. Había una enorme cama con dos mesitas a juego. En una esquina, cerca de la ventana, había un coqueto secreter blanco y en el otro extremo una cheslong tapizada en tono crema. El resto de la casa consistía en una cocina con un pequeño comedor, baño, un aseso y una pequeña habitación para invitados. Federica no pudo menos de enamorarse de aquel lugar. Por fin había encontrado su sitio.

Con renovada energía bajo las escaleras y entro en el bajo. El que en breve sería su soñada y anhelada librería. El local, al igual que la vivienda, no la defraudo en absoluto. Apenas tenía que hacer reformas. Anteriormente, había sido una papelería, según le había dicho Madame Marie. Federica ya la veía repleta de libros, con un pequeño salón de lectura, una pequeña cafetería en la que serviría chocolate, café, té, pastas, cruasanes… y por supuesto una sala de lectura para niños con un cuentacuentos. Dentro de un mes, si nada lo impedía, *«Colorín colorado, este cuento no se ha acabado»* vería la luz. La luz de París.

Federica miró el reloj, el estómago empieza a quejarse. Decidió ir a comer algo a la terraza que estaba enfrente. Justo cuando estaba cerrando la puerta del local, unos acordes que le sonaban familiares se entremezclaban con la algarabía del momento. Agudizo el oído y se dejó llevar por la música. A unos escasos metros pudo ver a unos chicos que tocaban en la puerta de un local *Sing sing sing benny goodman.*

La alegría y energía que trasmitía aquella canción invadió a Federica que no podía menos de mover los pies al ritmo de la canción. Uno de los músicos la saludo con una sonrisa y la invito a entrar en el local siguiendo al resto de la banda. En la puerta rezaba un cartel anunciado la actuación de la banda de jazz.

Esto es otra señal de que he hecho lo correcto. Soy una enamorada del jazz y justo tengo un club de jazz a escasos metros de casa. De repente el cerebro y el corazón de Federica se pusieron de acuerdo y se dejaron envolver por la magia de Montmartre, *y Sing sing sing benny goodman* fue su banda sonará para el resto de sus días.

EL HADA DE LA SONRISA

Un tímido sol comenzaba a abrirse camino entre las nubes. La temperatura era muy agradable para finales de octubre. Desde de la ventana del hotel Nicolás contemplo, extasiado, como si de un cuadro de Monet se tratara el parque vestido de otoño. La mezcla de colores que tenían los árboles era impresiónate, verdes, amarillos, naranjas, ocres… El sol se filtraba entre sus ramas y un leve viento los mecía, despojándolos de sus caducas hojas y formando con ello una colorida alfombra que los transeúntes pisaban sin pararse a pensar en cuanta belleza los rodeaba.

Nicolás dio un sorbo al café y se dejó caer en el sofá que tenía al lado, «un hermoso día para despedirme», pensó.

—¿Nostálgico? —Era Laura, que acababa de entrar y se disponía a sentarse a su lado.

—Ya estás aquí, ¡qué guapa! Voy a ser la envidia de todos los hombres en la sala.

—¡Ay, mi niño!. Sigues tan zalamero como siempre. Laura miró a Nicolás, y a pesar de que los años que habían pasado, reconoció aquel niño asustado y herido que había conocido hacía muchos años en el metro.

—Ya sabes que tú para mí siempre serás *El Hada de la Sonrisa*. Tu sonrisa nos salvó a mi abuelo y a mí aquel fatídico día.

—Ya estoy vieja y achacosa. Son casi ochenta y cinco años los que llevo a mis espaldas.

—Da igual los años que cumplas. Tu sonrisa continúa igual. Además, no podemos defraudar a mi público. Tú eres la inspiración de mi concierto para piano más famoso y hoy por fin, van a conocer a *El Hada de la Sonrisa*.

—Pues no los hagamos esperar.

La sala que había habilitado el hotel para la rueda de prensa está a rebosar. Ningún medio de comunicación quería perderse la noticia que iba a dar en persona el gran Nicolás Casaus. Famoso pianista, que eran tan conocido por su virtuosismo como la discreción de su vida privada. Apenas se sabía nada de ella, para su público era un gran desconocido, ni siquiera se sabía que le había causado esa cojera que acusaba desde niño.

Con paso firme, elegantemente ataviado con traje negro, acompañado de su inseparable bastón y con una elegante anciana del brazo, entro en la sala. La ayudo a acomodarse en la silla y posteriormente se dirigió a la mesa desde la cual daría la rueda de prensa.

La expectación era máxima en la sala. Casi nunca daba ruedas de prensas y mucho menos concedía entrevistas, así que algo muy importante iba a comunicar, ya que lo iba a hacer él en persona. El murmullo de los allí presentes quedo ensordecido por la contundente y aterciopelada voz de Nicolás.

—Buenos días. En primer lugar, quiero agradecerles su presencia. Soy Nicolás Casaus, por si alguien no lo sabe (con sonrisa burlona). El motivo de esta rueda de prensa es anunciar que me retiro. Este es el último concierto que doy.

La sala se llenó de murmullos y cuchicheos fruto de la sorpresa. Fue una joven periodista la que comenzó con las preguntas.

—Señor Casaus, ¿existe algún motivo en particular para tomar esta decisión?

—El motivo es, que todo el mundo se jubila.

—¿Por motivos de salud? —Pregunto otro periodista desde la otra punta de la sala

—No, afirmo con rotundidad Nicolás, llevo muchos años dedicándome a esto y todo tiene un principio y un final.

—Señor Casasus, ¿es consciente del gran vació que va a dejar en el mundo de la música?, se escuchó desde el centro de la sala.

—Nadie es imprescindible —afirmo Nicolás con una sonrisa.

—Su público se va a quedar huérfano, se oyó decir sin saber quién lo había dicho.

Con un amago de sonrisa, Nicolás abandono la mesa y se acercó a Laura que estaba sentada en la primera fila. Con sumo cuidado la ayudo a incorporarse. Ya juntos, sentados frente a la prensa y con la máxima expectación en la sala, Nicolás comenzó a hablar de nuevo.

—Queridos amigos de la prensa, les presento a Laura Machado. Ella es quien ha inspirado mi concierto para piano más famoso, *El Hada de la Sonrisa*. Siempre se quejan de que no saben nada de mi vida privada. Les voy a dar un regalo de despedida.

De nuevo murmullos y sorpresa entre los asistentes. Todas las miradas estaban clavadas en Laura. Aquella anciana de pelo gris y ojos verdes; elegantemente vestida y con una sonrisa que trasmitía paz. Fue Laura quien acallo los murmullos con un hilo de voz.

—Buenos días. Supongo que no se esperaban que una anciana fuera la inspiración del *Hada de la Sonrisa.*

—Seguramente, intervino Nicolás, muchos de ustedes no lo sepan, dada su juventud. Hace muchos años hubo un accidente en el metro de Barcelona y en ese accidente nos vimos implicados mi abuelo y yo. Tenía siete años y como cada tarde cogía el metro acompañado por mi abuelo para ir a mis clases de piano. Esa tarde el destino nos tenía preparada una sorpresa muy desagradable. El tren en el que viajábamos perdió el control y estuvimos malheridos un día y medio atrapados en el vagón. Mi abuelo recuperaba la consciencia a ratos, y yo me malherí una pierna. Consecuencia la cojera que sufro desde niño. En medio ese caos dantesco estaba Laura. Una joven profesora que iba de regreso para su casa. Laura también resultó herida, pero en todo momento estuvo a nuestro lado. Siempre recordaré como me tranquilizaba con su sonrisa. En ningún momento la perdió. Con su sonrisa lograba tranquilizarnos e iluminaba aquella desesperante oscuridad. Aquella joven de cabello castaño, ojos verdes y dulce sonrisa, era mi hada, que había venido a ayudarme en aquel espantoso trance. Laura era *El Hada de la Sonrisa.*

—Y sigue siendo— se oyó decir en la sala.

—¡Efectivamente!, y sigue siendo, afirmó Nicolás al tiempo que le tomaba las manos a Laura y le daba un dulce beso en la mejilla. Ya saben lo que decía León Tolstoi: «Opino que lo que se llama belleza, reside únicamente en la sonrisa»

UNA NOCHE DE LLUVIA

«El enfado es como esa ráfaga de viento helado que juega con la lluvia mientras intentas protegerte con el paraguas. La decepción es otra cosa; es como un puñal que se clava por la espalda, y que te hiere de muerte». Como si de una oración se tratara, una y otra vez lo repetía en silencio Isabella, que luchaba por mantener el enorme paraguas rojo delante de la cara para protegerse del fuerte aguacero. Embebida en sus pensamientos, Isabella acelero el paso sin percatarse del compañero de viaje que se le había unido, un lindo gatito negro la seguía veloz sin perderle el paso, solo cuando se detuvo en un semáforo se percató de la bola de pelo negra qué empapada la miraba con ojos expectantes. Con paso vacilante Isabella se acercó al minino, este lejos de asustarse comenzó a ronronear y a frotar su peluda cabeza en las botas de Isabella. El semáforo se puso en verde, y de forma instintiva Isabella cogió el pequeño gatito y lo protegió de la lluvia abrazándolo contra su pecho; tras una rápida inspección comprobó que no llevaba collar, y lo delgado que estaba. Con paso firme cruzo el paso de peatones que la separaba de su casa, ya en la acera volvió al inspeccionar al minino y se percató que era un gato callejero; no sabía de donde había salido, ni desde cuando se había vuelto su compañero de viaje en aquella aciaga noche, lo que tenía claro es que no podía dejar el indefenso gatito a la intemperie.

Con sus enormes ojos ámbar y acomodado en una manta junto al fuego de la chimenea, miraba a Isabella acurrucada en el sofá que con una profunda tristeza miraba como el fuego devoraba con suavidad los troncos de leña. Una sonrisa cargada de abatimiento fue la señal que necesito la bolita de pelo negro para subir ronroneando al regazo de Isabella y secar con una de sus patitas unas impertinentes lágrimas que resbalaban por las mejillas de su humana.

—Gracias, querido amigo —susurro Isabella al tiempo que acariciaba la peluda cabeza de su nuevo inquilino. «En el momento que la decepción hace acto de presencia…», volvió a reflexionar Isabella, abrió el ordenador y empezó a escribir un correo:

Cada cual derrama lo que lleva dentro cuando la vida nos sacude. Vivimos en una sociedad en la que las máscaras son un accesorio que consideramos necesario, y algunas nos las ponemos con tanta frecuencia que solo una fuerte sacudida de la vida es capaz de hacer que caigan. Durante nuestra vida convivimos con la angustia, el dolor, la duda, la soledad, la ansiedad, la mentira, el temor, el rechazo, el desprecio, la venganza; la propia y la ajena, con el silencio, con el mal, con el rencor, con la rutina, con los desencantos, con los prejuicios, con la falta de humildad, con la ausencia de valores y principios, con la crítica nuestra y la de los demás, con la ingratitud, con la soberbia, con la incomprensión, con la inseguridad, con la falta de ilusión, con el conformismo, con el odio, con el olvido, con el pasado, con la palabra demás… Pero también convivimos con el humor, con la alegría, con la risa de uno y la de los demás, con las sorpresas agradables, con las primeras brisas de primavera y con cada una de las estaciones del año que nos enseñan entre otras cosas que no todo es frío o calor, con la posibilidad de conocer la felicidad, de dar amor y de ser correspondido, con la búsqueda de la verdad, con la imaginación, con el bien, con un futuro mejor construido por uno, con el cariño, con el amor, con los afectos, con los abrazos, con las caricias, con la amistad, con charlas placenteras con amigos, con el compañerismo, con la lealtad, con proyectos posibles e imposibles, con la búsqueda de la verdad, con la imaginación, con manifestaciones del arte; con la lectura, la música, la fotografía… Con fragancias y perfumes que nos traen recuerdos nostálgicos... Y todo esto, con lo que convivimos, va llenando nuestro interior.

Y es cuando la vida nos sacude, cuando se derrama el interior que llevamos dentro. Así que habrá que preguntarse a uno mismo, cuando la vida se ponga difícil, ¿qué voy a derramar? Alegría, agradecimiento, paz, humildad, o, por el contrario, amargura, soberbia, prepotencia, orgullo... porque somos nosotros lo que decidimos que dejamos en nuestro interior, ese que es nuestro verdadero yo; ese que únicamente se derrama cuando la vida nos sacude tan fuerte que hace que se caigan las máscaras que nos acompañan en el trayecto de la vida.

Isabella leyó lo que había escrito. «Está claro que tenías razón, me he equivocado, no eres la persona mágica que creía. Adiós… Y gracias por el aprendizaje», se dijo a sí misma. Con decisión elimino el correo, cerro el ordenador, y con dulzura acaricio a la bolita de pelo negro que había entrado en su vida para quedarse. Risotto respondió con un sedante ronroneo, Isabella recordó que en algún sitio había leído que cuando un gato entra en la vida de uno es porque tiene una misión que cumplir. Miro a Risotto que se había quedado dormido y se preguntó, ¿quién había salvado a quien?

EL ESCRITOR Y LA PALABRA

Un cálido sol de otoño se empeñaba en jugar con el castaño pelo de Noa; dependiendo de como de caprichoso se sentía una vez le daba unos reflejos rojizos, otro castaño claro. Noa se revolvió en el sillón en el que está sentado frente a la ventana, de forma distraída y sin apartar la vista de la tablet llevo la taza de café a la boca y bebió un pequeño trago. El día era luminoso y frío. El sentir el líquido caliente bajar por su garganta lo reconforto a seguir con la lectura:

iAy, la palabra! Si fuéramos conscientes del poder que tiene seriamos más cuidadosos al utilizarla. La palabra no se la lleva el viento, queda clavada en nuestra alma, y jamás olvidamos como nos hizo sentir. Ya lo decían Edward Bulwer-Lytton: «La pluma es más poderosa que la espada» y Ana María Matute: «La palabra es lo más bello que se ha creado, es lo más importante de todo lo que tenemos los seres humanos. La palabra es lo que nos salva». Tanto la reflexión de Bulwer como con de Matute, reflejan a la perfección el poder de la palabra.

La palabra alimenta el alma, pero también la daña. Hiere más que una espada, y puede atravesar el alma sin tocarla. Los seres humanos tenemos la capacidad de poder expresarnos con la palabra, ¡y qué mal uso hacemos de ella!, una vez por no usarla, y otra por emplearla para herir; aunque no sea de forma intencionada. La palabra sirve para dar a entender nuestro estado de ánimo, pero la ausencia de ella también.

El silencio es otro tipo de lenguaje. La palabra y el silencio están unidos con un vínculo inquebrantable, son como la vida y la muerte; una sin la otra no existiría, pues eso pasa con la palabra y el silencio. La palabra puede construir, o destruir; pero el silencio puede construir muros que con el paso del tiempo no se pueden derribar.

La palabra sirve para decir, pero los seres humanos somos tan volátiles y volubles que lo que una persona considera que no es ofensivo, otra persona lo puede considerar como una de las mayores ofensas. La palabra sirve para decir la verdad, pero también es empleada por la mentira. La palabra es usada por el orgullo y la arrogancia, y normalmente la suelen utilizar como una daga para dañar el alma. La palabra también es utilizada por el amor, en todas sus formas, para acariciar y reconfortar el alma...

Y la palabra no es en ningún momento responsable de la capacidad de la compresión del ser humano, no es la culpable de los malentendidos y enfados que se puedan producir, solo los humanos somos los causantes de ellos por nuestra interpretación de la palabra.

¡Ay, la palabra! Si fuéramos conscientes del poder que tiene seriamos más cuidadosos al emplearla.

Noa dejo la tablet sobre su regazo. El zumbido del teléfono al vivar casi hace que derramara el café de la taza que tenía en la mano.

—Noa, ¿lo has visto?

—Buenos días, Fiona

—Perdona, buenos días, estoy tan emocionada al ver tu artículo en el *The New York Times* que he olvidado mis modales. El teléfono no ha parado de sonar en toda la mañana. Me han llamado cuatro editoriales interesadas en publicar tu novela.

Fiona era la agente literaria de Noa desde hacía cinco años, y nunca la había oído hablar tanto. Lo más que le decía era que sus novelas eran buenas y que algún día llegaría su oportunidad, pero esa oportunidad no llegaba nunca. Noa sobrevivía como podía, y llegando a duras penas a final de mes. Era paradójico que la ruptura con Paolo fuera la que le abriera la puerta a ser un escritor profesional. Su gran sueño.

Después de que Paolo lo dejara sin ningún tipo de explicación, y roto por el dolor y la decepción;

hizo lo que mejor sabe hacer, escribir. Desde siempre la escritura ha sido su válvula de escape, y en esta ocasión o no iba a ser diferente.

No lograba entender que Paolo lanzara la palabra contra él acusándolo de juzgarlo con cada palabra que decía. Paolo, con sus parcas palabras y utilizando el más vil de los castigos, el silencio, al final lo había dejado de la forma más cobarde y fría que puede existir, con un mensaje de texto que Noa no quería creer. Cuando llego a casa, Noa se encontró sus escasas pertenencias en la puerta y la cerradura cambiada. De esto hacía tres meses y aún no era capad de entender qué había pasado.

Destrozado, y con la autoestima por los suelos, había logrado sobrevivir estos meses, y había escrito ese artículo para no volverse loco. Lo había enviado, por enviar al *The New York* hacía un mes, y cuál fue su sorpresa que hoy lo vio publicado.

Mientras Fiona seguía hablando entro otra llamada.

—Perdona Fiona, me ha entrado otra llamada.

—Buenos días, ¿Noa?

— Soy yo

—Soy el redactor feje del *The New York*, ¿has visto publicado tu artículo?

—Lo estaba leyendo.

—Nos gustaría saber si te gustaría escribir para nosotros un artículo semanal, y tendrías tu popria columna.

Noa tuvo que hacer un esfuerzo para no dar un grito de alegría, y fingir cierta indiferencia.

—Tengo que consultarlo con mi agente.

—Noa, ¿cuándo podrías pasar por la redacción?

—El jueves a las 12:00 H

—Perfecto, ese día lo concretamos todo, fechas de entrega y salario. No vamos a aceptar un no por respuesta.

—Hasta el jueves, se despidió Noa.
Un zumbido en el teléfono le recordó que tenía a Fiona en línea.

—Perdona Fiona, era del *The New York*

—Te decía si puedes pasar esta tarde por mi oficina —continuó diciendo Fiona sin dar la menor importancia a la llamada del *The New York*.

—No es que no pueda, es que tú y yo no tenemos nada de que hablar porque tú ya no eres mi agente literario. Durante cinco años no has hecho nada, y ahora tampoco. He sido yo quien ha enviado el artículo, y al ver la repercusión que ha tenido te has dignado a decirme más de dos palabras seguidas. Hasta siempre Fiona.

Sin dar lugar a réplica a Fiona, Noa colgó y puso el móvil en modo no molestar, necesitaba pensar. Una y otra vez venía a su mente el mensaje de Paolo: «Tienes todas tus cosas en la puerta», unas palabras que le atravesaron el corazón y lo mataron, porque desde ese día murió un Noa para nacer otro. Una nueva vida se abría ante él, nuevas oportunidades, poder cumplir sus sueños, trabajar en lo que más ama, y todo se lo había dado la palabra y la interpretación y uso que cada persona hace de ella, «¡ay, la palabra!» grito Noa al mundo.

AGRADECIMIENTOS

Muchas gracias al lector que tenga la amabilidad de sumergirse y dejarse acompañar por este libro. A mis padres, ¡siempre!, a esos amigos que bajo un sombrero rojo que invariablemente están. A mis familiares que han estado y están en los momentos en los que la vida te pone a prueba.

SOBRE LA AUTORA

Sandra Ovies Fernández, es una de las fundadoras y redactora en la revista digital literaria *El Gato Negro*. Vicepresidenta de la Asociación literaria *Se ha escrito un libro*. También colabora con diferentes periódicos.

Ha publicado las novelas *El Espejo Azul, El hombre que inventó la duda, Sí, quiero*, son las memorias de su madre que recopilo después de su fallecimiento. Su último trabajo es el libro infantil *Los Viajes de Miguelito*. Ha colaborado en la obra colectiva promovida por la editorial Playa de Ákaba, *Generación Subway*.

Web / Blog:

https://sandraovies.com/
http://revistaliterariaelgatonegro.com/